KB105188

철수맨이
나타났다!

철수맨이 나타났다!

김민서 장편소설

살림Friends

차례

조직의 결성

모든 것은 수학여행의 마지막 밤, 옥상에서부터 시작되었다.

영서중학교 3학년 아이들은 해마다 반별로 수학여행을 떠난다. 희주가 속한 3반 아이들이 선택한 곳은 군산에서 멀지 않은 작은 섬으로, 섬마을 특유의 한적함과 아련함이 느릿느릿하게 흘러가는 시간 속에 혼재하는 곳이다. 사람을 무방비 상태로 만드는 섬의 공기는 이곳에 찾아온 사람들에게도 어김없이 전해져서, 이윽고 옆 사람에게 속에 있는 마음을 절절이 토로하게 한다. 그래서인지 희주는 섬에 도착한 순간부터 단짝 친구인 유채와 지은에게 중대한 비밀을 털어놓으리라 결심했다. 그리고 드디어 기회가 찾아왔다.

선생님마저 잠든 늦은 새벽, 민박집에서 깨어있는 사람은 그들뿐이었다. 희주, 유채, 지은, 세 사람은 몰래 옥상에 올라가 계란을 곁들여라면을 끓였다. 희주는 수학여행 기간에 있었던 사건들을 재잘거리느라 정신없는 두 친구를 물끄러미 쳐다보았다. 그리고 보글보글 끓고 있는 라면 냄비를 내려다보며 실토하듯 포문을 열었다.

"사실 나, 너희들에게 털어놓지 않은 이야기가 있어."

희주는 이 사실을 누군가에게 털어놓아도 될지에 대해 한 달 동안이나 심각하게 고민했다. 모두가 '그 존재'에 대해 알고는 있었다. 영서중학교 학생뿐만 아니라 그 근방에 사는 동네 사람들 모두가.

희주가 사는 동네는 수도권의 평범한 개발 신도시로, 빠르지는 않지만 확실한 속도로 개발되고 있다. 학교 정문으로 이어진 언덕 아래로 동수와 이름만 다를 뿐 서로 똑같이 생긴 아파트 단지가 즐비하고, 학교 후문 뒤로는 논밭과 재래시장이 늘어서 있다. 시내버스 정류장은 후문 쪽에 딱 하나 있는데 비가 오면 주변 논두렁이 넘쳐 바닥이 심하게 질척거린다. 도시라고 부르기엔 패스트푸드 가게가 없고 시골이라고 부르기엔 고층 상가가 속속들이 들어서고 있는, 호칭도 경계도 애매한 그런 동네. 최고급 어학 오디오 시스템을 갖춘 학원 건물 옥상에서 소가 밭을 가는 모습을 구경할 수 있는 동네. 이 작은 동네에 '그 존재'의 전설이 '다시' 퍼지기 시작한 지는 약 일 년쯤 되었다.

"갑자기 그렇게 나오니까 긴장되잖아! 뭔데, 누구 얘긴데?"

"나만 아는 비밀이야. 절대로 발설하지 않겠다고 약속해 줘."

"그거야 당연하지! 빨리 얘기해 봐. 누가 임신이라도 했어?"

"그런 얘긴 아니야."

"선생 누구 불륜이야?"

"그런 거 아니라니까!"

"그런 거가 아니면 도대체 뭔데?"

희주는 잠시 눈앞의 두 친구에게 이 이야기를 털어놓아도 괜찮을지 고민했다. 두 사람 모두 죽이 잘 맞는 단짝 친구들이었다. 그러나 유채는 다소 입이 가벼웠고, 지은은 너무 곧고 진지해 비밀을 숨기는 데엔 소질이 없었다. 희주는 자신이 알고 있는 비밀을 많은 사람들에게 알리고 싶지는 않았다. 이것은 전설에 관한 이야기이기 때문이다. 희주는 모두가 경건하고 소중하게 생각하는 전설을 깨뜨리는, 상금에 눈먼 낭만 없는 도굴꾼 같은 이가 되고 싶은 생각은 추호도 없었다. 희주는 책임지지 못할 일은 시작부터 하고 싶지 않았다.

그러나 결국 얘기할 수밖에 없었다. 이것은 혼자 끌어안고 있기엔 너무도 벅찬 비밀이었다.

"나, '철수맨'이 누군지 알고 있어."

유채가 라면 한 덩어리를 꿰차고 있던 젓가락을 놓쳐 버렸다. 지은의 양쪽 눈썹이 꿈틀거린다. 평소에 표정 변화가 거의 없는 지은에게 그것은 상당히 놀랐다는 뜻이다.

"잘생겼어?"

유채의 한마디에 세 사람 주변에 감돌던 긴장이 누그러졌다. 희주는 웃음을 터뜨리며 냄비에 떨어진 젓가락을 건져 냈다.

"넌 어떻게 그걸 먼저 묻냐?"

"히어로 하면 역시 얼굴이니까. 역대 히어로들 봐. 못생긴 사람이 한 명이라도 있었어?"

"슈렉."

"그건 히어로라고 부르기에 문제가 있다고 본다."

"지금 그게 중요한 게 아니잖아. 어떻게 알게 된 거야? 직접 봤어? 얘기 나눠 봤어? 여자야, 남자야? 나이는 몇 살이야?"

"그게……."

희주는 지은의 속사포 같은 질문에 맥없이 고개를 떨어뜨렸다. 엄밀히 말하면 그녀는 전설의 히어로를 직접 영접한 것은 아니었다. 그저 먼발치에서 그의 존재를 입증하는 증거를 잡았을 뿐이다.

"한 달 전쯤이었어."

"한 달? 너 지금 한 달이나 우리한테 그 얘기를 숨긴 거야?"

"아이 씨, 네 잔소리 때문에 날밤 까도 얘기 못 듣겠다! 그냥 말해, 희주야."

"그 사람의 얼굴을 본 건 아니야."

"뭐야, 그럼? 대체 철수맨의 정체를 어떻게 알아낸 건데?"

'철수맨'이란, 그들이 살고 있는 자그마한 동네에서 20년 넘게 전해 내려오는 일종의 영웅 전설이다.

지금으로부터 25년 전, 이곳은 3층 이상의 건물이라곤 하나도 찾아볼 수 없는 전형적인 시골 마을이었다. 가로등도 없고 치안도 허술했던 이 마을이 유명세를 탔던 이유는 80년대 후반에 일어난 연쇄살인 사건 때문이다. 20대 미혼녀 세 명이 연달아 살해된 끔찍한 사건으로, 세 번째 사상자가 나온 후엔 동네 이름과 풍경이 매일같이 언론의 메인을 장식했다. 지금 어른들은 그때 그 사건 때문에 이 동네가 이렇게 '후져 먹게' 되었다고 늘 한탄을 했다.

철수맨은 그 시기에 처음 모습을 드러냈다. 그 또는 그녀는 무능한 공권력의 상징인 헛발 짚는 경찰을 대신해 네 번째 희생자를 납치 중이던 연쇄살인범을 홀로 검거했다. 30대 초반의 남성인 범인을 밧줄로 묶어 경찰서 앞에 내던졌다고 한다. 그때 철수맨은 경찰서 담벼락에 노상방뇨를 하고 있던 순경에게 처음으로 모습을 들켰는데, 놀랍게도 그는 귀여운 남자아이 가면을 쓰고 있었다고 한다. 초등학교 교과서에 나오는 전형적인 남자아이의 가면을.

딱히 그 영웅을 지칭할 고유명사가 없자 사람들은 대한민국의 대표적 남성 이름인 '철수'에 히어로들만의 특권 명사인 '맨'을 갖다 붙였다. '철수맨'이라는 다소 우스꽝스러운 이름은 그렇게 탄생했다. 철수맨은 장신에 날씬한 체형의 소유자라고 알려져 있다. 그리고 그 누구도 실제 얼굴을 보진 못했으나 연쇄살인범을 홀로 검거할 만큼 체력이 튼튼한 점, 보통 여자에게서 찾아볼 수 없는 장신인 점, 또 히어로에 대한 일반적인 편견이 합쳐져 성(性)은 남자로 결론지어졌다.

그 후로도 철수맨은 여러 번 모습을 드러내 좀도둑들을 처단하고 폭력에 희생당하는 약자들을 구해 냈다. 그러나 90년대로 접어들면서 이 근방이 신도시로 개발되고 미로 같던 주택가 골목길도 점차 모습을 감추면서 상황이 달라졌다. 가로등이 많아지고 조직적인 순찰대도 생겨나면서 범죄 발생수가 현저히 줄어들었다. 그와 동시에 철수맨의 행방도 묘연해졌다. 영웅은 시대를 타고나기 마련이다. 한층 말끔해진 신도시는 더 이상 남자아이 가면을 쓰고 나타나는 정체불명의 영웅과 어울리지 않았다. 하지만 동네 사람들은 영웅의 쓸쓸한 말로를 다듬어 전설로 승화시켰고 그 전설은 신도시 새 주민들에게까지 구전되었다.

그렇게 전설로 사라졌던 철수맨이 돌아온 것이다. 철수맨의 귀환이 처음 입소문을 타기 시작한 시기는 작년 초가을쯤이다. 이 동네는 나지막한 언덕 위에 자리 잡고 있는데, 언덕 아래쪽에는 철골이 그대로 드러난 미완성 건축물들이 흉측하게 늘어서 있다. 갑작스러운 변화는 늘 부작용을 낳듯 건물주와 건설회사 사이에 마찰이 일어나면서 몇몇 상가 공사가 중단되기에 이른 것이다. 곧 그 일대는 비행 장소를 찾던 양아치들의 아지트가 되어 버렸다. 공사장 양아치들의 악명이 높아지면서 지구대가 조직적으로 돌기 시작했지만 그것도 얼마 가지 못했다. 철근, 시멘트, 벽돌이 뒹구는 공사장은 곧 공식적인 무법지대가 되어 버렸고 양아치들은 일주일이 멀다 하고 만행을 저질렀다.

그들의 죄질이 점차 무거워질 때쯤 철수맨이 등장했다. 25년 전과 마찬가지로 남자아이 가면을 쓴 그 또는 그녀가.

그 또는 그녀는 25년 전과 마찬가지로 예고 없이 등장해 폭력에 억압받는 희생자들을 소리 소문 없이 구해 냈다. 철수맨에게 구출된 학생들은 구전으로만 내려오던 전설이 현실이 되었다는 사실에 열광하며 새로운 신화를 구축해 나갔다. 25년 전 전설의 철수맨이 다시 돌아왔거나, 철수맨의 후예를 자청하는 제2의 철수맨이 탄생한 것이다. 평화로운 작은 동네에 축축한 물이끼처럼 스멀스멀 퍼지는 암흑 세력을 평정하기 위해.

그리고 희주는 한 달 전 어느 날, 철수맨이 양아치들에게서 초등학생 세 명을 구출하는 광경을 눈으로 직접 확인했다. 희주가 자정이 다 된 시각에 그곳에 있었던 이유는 학원 열람실에서 정신없이 퍼 자느라 학원 셔틀버스 막차를 놓쳤기 때문이다. 그 덕분에 그녀는 전설로만 듣던 철수맨의 신상에 대한 단서를 확보할 수 있었다. 철수맨은 영웅의 업무에 너무도 충실한 나머지 몰래 숨어서 그 광경을 지켜보던 누군가에게 자신의 정체가 발각될 수 있는 결정적인 증거를 들켰다는 사실을 알지 못했다.

"한 가지는 확실하게 얘기할 수 있어. 철수맨의 나이는 많아 봤자 열여섯 살이야."

희주는 지은과 유채를 번갈아 바라보며 최대한 정확한 발음으로 얘기했다. '뭐? 잘 안 들려.' 하는 흥 깨는 멘트가 나오지 못하도록.

"철수맨은 우리 학교에 다니고 있어."

희생자는 근처의 초등학교 학생들이었다. 품이 큰 티셔츠를 입은 그들은 신생아 같은 얼굴을 하고서 공사장 부근을 지나가고 있었다. 순진하게도 세 명씩이나 무리 지어 다니면 불미스러운 일은 발생하지 않을 것이라 믿으며. 그러나 인근 고등학교 3학년생으로 이루어진 양아치 군단은 일곱 명이었고, 그들은 순식간에 품바와 티몬(영화 〈라이온 킹〉에 등장하는 캐릭터로 품바는 멧돼지이고 티몬은 미어캣이다.—편집자) 같은 겁에 질린 먹잇감들을 둘러싼 하이에나가 되었다. 희주는 거대한 드럼통 뒤에서 그 광경을 그저 지켜보고만 있었다. 그냥 지나치기엔 양심이 발을 걸고 나서기엔 이성이 머리채를 잡아당기는 그런 상황이었다. 양아치들은 초등학생들의 가방을 뒤엎고 엄마가 손에 고이 쥐어 준 용돈을 압수한 후 겁에 질린 얼굴들을 면밀히 관찰하기 시작했다. 그중 가장 헤어스타일이 독특한 양아치가 희생자 중 한 명의 가슴을 각목으로 찌르기 시작하자 희주는 핸드폰을 꺼내 동네 지구대에 연락을 취해야겠다고 생각했다. 바로 그때 철수맨이 등장했다.

엄밀히 얘기하자면 그는 어디선가 등장한 것이 아니라 이미 그 자리에 서 있었다. 희주는 그 순간 이 동네 터줏대감들이 그토록 거창하게 얘기하던 영웅의 전설이 결코 과장된 것이 아니었다는 것을 깨달았다. 그의 등장을 기다렸다는 듯 달빛이 무더기로 쏟아져 내렸고 설명 불가능한 연기가 땅 밑에서 피어올랐다. 유채와 지은은 그 부분에서 눈썹을 일그러뜨리며 재연 드라마 스타일의 배경 묘사는 자제해 달라고 요구했지만, 그것은 결코 이야기의 극적 효과를 위한 과장이 아니었다. 그들이 공사장을 덮어 버린 거미 다리 같은 그림자를 보았다면 그 순간이 얼마나 기괴하고 신비로웠는지 인정하게 될 것이다.

머릿수는 그다지 중요하지 않았다. 가면 쓴 영웅은 도인의 오라를 풍기며 난세를 평정했다. 그의 무술은 이미 다른 경지의 것이었다. 그 거

룩한 광경을 보며 희주는 세 가지 사실을 확인할 수 있었다.

첫째, 철수맨이 장신이라는 소문은 사실이다. 정확하게 잴 순 없었지만 175센티미터에서 180센티미터 사이쯤 될 것이다. 체격은 소문대로 거대하진 않다. 적당히 마른 편이고 신체 비율이 좋다.

둘째, 하얀 피부의 소유자다. 철수맨은 회색 반팔 티셔츠 차림이었는데, 소매 아래로 뻗은 팔에 털은 거의 없었고 손가락도 가늘고 길었다. 주먹을 쥘 때마다 힘줄이 불거지긴 했지만 우락부락하진 않았다. 오히려 순정만화에 나오는 팔처럼 아주 예쁘고 그림 같았다.

셋째, A사의 검은색 천 가방을 메고 있다. 이것이 어쩌면 결정적인 증거가 될 수도 있었겠지만 실은 그렇지 못했다. 중학교에 퍼지는 유행이란 전염병 같은 것이라, 한 명이 유행에 걸리는 즉시 모두가 앓게 되기 마련이다. 영서중학교 학생들 대부분은 A사의 검은색 천 가방을 메고 다녔다. 마지막으로 비니를 쓰고 있었기 때문에 헤어스타일은 확인하지 못했다. 거기까지가 일차적으로 확인한 철수맨의 외형적인 특징이다.

결정적인 증거는 그 후에 잡아냈다. 철수맨은 양아치들을 처단한 후 흙바닥에서 부들부들 떨고 있던 가여운 어린 양 세 마리를 일으켜 세웠다. 그때 남자아이가 비틀거리며 철수맨이 메고 있던 가방을 잡아당겼는데, 그 순간 희주는 열린 가방 사이에서 영어 문제집을 보았다.『파이널 잉글리시 테스트』로, 영서중학교 3학년 학생들이 공통으로 사용하는 영어 교과서다. 영서중학교에서는 영어 문제집과 선생님들이 자율적으로 만든 프린트를 영어 교재로 채택하고 있는데, 이 근방 중학교에서『파이널 잉글리시 테스트』를 교과서로 쓰는 학교는 영서중학교

뿐이다. 물론 이 문제집은 어느 서점에서나 구입할 수 있는 흔한 문제집이다. 그러나 희주는 이 문제집 사이에 하늘색 프린트가 끼어 있는 것을 분명히 보았다. 하늘색 프린트는 영서중학교 3학년 영어 선생님이 애용하는 종이로, 시험 요점 정리나 단어 숙제를 내줄 때면 늘 사용하는 전용 A4 용지다. 여기까지가 희주가 눈으로 직접 본 철수맨의 정확한 신상이다.

철수맨은 세 명의 남학생을 차례대로 일으켜 준 후 등장했을 때와 마찬가지로 홀연히 사라져 버렸다. 그 걸음걸이가 어찌나 빠르던지, 희주는 그의 뒷모습조차 제대로 기억할 수 없었다. 어쩌면 수많은 고전적인 히어로들처럼 하늘로 날아올라 사라진 것일지도 모른다.

공사장에서 벗어났을 때 하늘은 기묘한 푸른빛이었다. 안개인지 흙먼지인지 알 수 없는 희뿌연 연기가 공사장 주변을 맴돌았다. 그 안개 무리에서 빠져나오자 비로소 현실세계로 돌아온 기분이었다. 마치 결계를 벗어난 것처럼.

"그러니까 네 말대로라면 철수맨은 우리 학교 3학년 학생이 확실하다는 거네? 키는 175센티미터 정도라고?"

"말하자면 그렇지."

"말도 안 돼! 열여섯 살이라고?"

"키라도 확실히 봐 놓지! 175센티미터 정도는 너무 막연하잖아!"

"딱 봤을 때 크다고 느낄 수 있는 인상이야. 그런데 얼굴이 작아서 보이는 것보다 작을 수도 있겠다 싶었어. 왜 신체 비율이 좋으면 실제 키보다 훨씬 커 보이잖아. 어쩌면 175센티미터보다 작을 수도 있어."

"네 말대로라면…… 25년 전의 철수맨이 아니라 철수맨을 따라한 제2의 영웅이라는 거네."

"그렇지. 25년 전에 우린 태어나지도 않았으니까."

세 사람은 이미 불어 터진 라면을 경건한 얼굴로 내려다보았다. 하늘이 점차 밝아 온다. 보랏빛으로 물든 신비로운 하늘. 새벽과 아침이란 두 세계 사이의 경계. 그 아래서 세 명의 여학생들은 전설과 현실의 경계를 넘나들고 있었다.

"그런데 넌, 그 사실을 알아서 어떻게 하겠다는 거야?"

지은이 신중한 목소리로 물었다.

"슈퍼맨, 스파이더맨, 배트맨, 우리나라의 일지매까지. 공통점이 뭔데? 가면이야. 또 하나의 공통점이 뭔 줄 알아? 그 가면을 벗겨 내는 일에 안달 난 귀찮은 파리들이 주변에서 윙윙댄다는 거야. 관객들이 그 파리 떼들을 응원하디? 그치들 때문에 정체가 발각될까 봐 전전긍긍하지."

"맞아. 동네 사람들도 철수맨의 존재를 인정하고 궁금해하지만 다들 누군지 밝혀내진 않고 싶어. 덮어 두는 분위기라고. 우리 동네의 수호신을 귀찮게 하지 말자는 암묵적인 약속이랄까."

희주는 스파이더맨에 나오는 언론사 사장 같은 심술궂은 악역이 되고 싶진 않았다. 그녀는 영웅의 행로를 가로막고자 이런 얘기를 꺼낸 것이 아니었다.

"난 철수맨의 정체를 까발려서 곤란하게 만들 생각은 추호도 없어."

"우리도야."

희주는 그렇다고 '아, 그가 어렴풋이 우리 주변에 있구나.' 하고 무심히 인정한 채 모른 척 지내고 싶지도 않았다. 영웅의 가면 뒤 진짜 얼굴을 보고 싶은 것은 호기심 많은 여자들의 숙명이다. 영화 속 수많은 '걸'들도 이렇게 얘기하지 않는가. '가면 뒤의 얼굴을 내게 보여 줘요.' 셋은 각자 보이지 않는 삽을 하나씩 든 채 비밀리의 시공에 참석하기를 머뭇거렸다. 모두가 반대하는 공사를 무작정 밀어붙이는 양심 없는 건설업자가 된 기분이다.

"하지만······."

그때 그나마 자기표현이 솔직한 유채가 콜라를 따르며 중얼거렸다.

"이왕 이렇게 된 거, 난 철수맨의 정체를 알고 싶어."

지은이 반박하지 않음으로써 유채의 의견에 동의했다. 분위기가 서서히 반전되기 시작했다.

"솔직히 엄청 궁금하다고. 우리 학년 애들은 거의 다 같은 초등학교 나온 애들이잖아. 알 만큼 아는 애들 중에 고등학생 일곱 명을 동시에 때려눕히는 괴물이 있다는데 누군지 안 궁금한 게 말이나 돼?"

"괴물이 아니라 거물."

지은이 정정했다.

"어쨌든."

유채가 상관없다는 얼굴로 어깨를 으쓱했다.

"이 얘기, 우리한테만 털어놓은 거지?"

"응. 철수맨이 영서중학교 3학년이라는 사실은 우리 셋만 아는 거야."

"희주, 넌 어때? 철수맨의 정체를 캐 보고 싶어?"

희주의 대답은 'YES'였다. 사실 그녀에겐 철수맨을 일 대 일로 만나고 싶은 진짜 이유가 따로 있었다. 그러나 두 사람에게 또 다른 비밀까지 털어놓고 싶진 않았다. 원래 희주는 비밀을 떠벌리기보다는 끌어안는 스타일이었다.

"우리 학교엔 그다지 키 큰 애들이 없어. 피부색이나 뭐 그런 걸 따지면 범위는 순식간에 줄어들걸?"

"알게 되면, 어떡할 건데?"

"딱히 어떻게 하겠다고 생각한 적은 없어. 분명한 건 애들에게 떠벌리진 않을 거라는 거야."

"나도 동의해. 싸구려 행동은 하지 않을 거야."

"나도. 생각 없는 계집애들이라는 얘기는 절대로 듣고 싶지 않아."

셋은 시선을 교환하며 의견 일치를 확인했다. 가장 정리에 소질 있는 지은이 셋의 의견을 절충해 결론지었다.

"다른 애들에게는 절대로 얘기하지 말자. 일단 학교로 돌아가면 토요일이니까, 다음 주 월요일에 학교에서 다시 얘기하기로 해. 그때까지 자신이 생각하는 철수맨의 후보를 각자 한 명씩 정해 오자. 그 후 계획은 그때 가서 생각하기로 해."

세 사람은 고개를 끄덕이며 동의했다. 그리고 피의 맹세를 나누듯 차갑게 식어 버린 라면 국물을 나누어 마셨다. 비밀은 이제 세 사람의 소유였다.

세 명의 후보

이 동네는 언덕으로 이루어져 있다고 해도 과언이 아니다. 국도가 멋없게 늘어진 언덕 건너편은 다소 살풍경하지만 언덕 양 옆으로는 상가와 학원가가 밀집해 복작복작하고 다정한 냄새가 난다. 언덕 위로 형성된 동네는 전체적으로 비스듬하다. 언덕 맨 아래서 올려다보면 기울어진 배의 갑판 위로 아슬아슬하게 매달려 있는 모양새처럼 보이기도 한다. 그러나 야트막하고 왠지 여성스러운 느낌의 산이 언덕을 감싸고 있어 주변 공기는 늘 청량했다.

지은은 대부분의 여학생들처럼 언덕을 좋아하지 않았다. 다리가 굵어진다는 속설 때문이다. 게다가 영서중학교는 언덕 꼭대기에 위치하고 있어 수백 명의 아이들이 매일매일 거북이처럼 언덕을 오르내려야 했다. 겨울이 되면 곳곳에 빙판길이 생겨 자빠지는 아이들도 종종 나왔지만, 언덕을 다 올라 가쁜 숨을 몰아쉬며 학교 교문으로 들어설 때의 성취감은 분명 상쾌했다. 지은은 일정한 간격으로 숨을 몰아쉬며 교문을 향해 걸었다. 주변 산지의 푸른 녹음이 묻어나는 공기에서는 월요일 특유의 해소되지 못한 피로와 유쾌한 체념이 묻어났다.

지은은 철수맨의 정체를 밝혀내기로 결정한 첫 번째 비밀 회동에 누구보다 흥분해 있었다. 아무도 모르게 전설적인 존재의 정체를 파헤치고 있다는 사실에 약간의 죄책감과 굉장한 스릴을 동시에 느꼈다. 만화영화에나 나올 법한 소녀 탐정이 된 기분이었다. 낮에는 평범한 학생으로 수업을 듣지만 저녁이면 예리한 관찰력과 천부적인 상상력으로 증거를 수집해 수수께끼를 짜 맞추는 유능한 명탐정. 그녀는 주말 동안 탐정 소설을 두 편 정도 읽었고 공책에 써 내려간 몇몇 유력 후보들을 신중하게 제거해 나갔다. 완벽에 완벽을 기하는 신중한 성격에 풍부한 망상이 결합되어, 지은은 자신이 누구보다 놀라운 후보를 찾아냈다고 자신했다. 월요일 아침부터 모두에게 자신의 추리 능력을 인정받고 싶어 몸이 달아올라 죽을 지경이었다.

첫 번째 회의는 운동장 구령대에서 이루어졌다. 일요일에 비가 내린 탓인지 먼지가 한결 걷힌 운동장 공기가 상쾌했다. 셋은 각자 입맛에 맞는 후식거리를 들고 구령대 난간에 걸터앉았다. 학교 재단의 경제력을 가늠하려면 그 학교의 운동장을 보라는 얘기가 있다. 흙더미 위에 솟아난 두 개의 골대와 두 개의 농구대. 그들은 딱 그만큼의 지원 속에서 학창 시절을 지내고 있다. 세련된 시설이라곤 하나 찾아볼 수 없는 소박한 운동장은 학교 뒤로 펼쳐진 재래식 풍경과 제법 잘 어울렸다. 운동장에는 여느 때처럼 축구하는 남자아이들이 한가득이었는데 숫자가 너무 많아 도대체 누가 누구와 편인지 알 수 없었다. 뽀얗게 일어난 흙먼지 속에서 이리저리 뛰어다니는 튼실한 다리들을 바라보다가 유채가 먼저 입을 열었다.

"내가 생각하는 후보는 저 안에 있어."

"누구?"

"이 이름을 부르지 않으면 섭섭하지. 영서중학교의 간판 강준석……."

그와 동시에 세 여학생이 운동장에서 그 당사자를 순식간에 찾아냈다. 수십 명이 흙먼지 폭풍 속에서 뒹굴고 있었지만 홀로 후광을 내뿜으며 달리는 남학생을 찾는 것은 어렵지 않았다.

"잘생기긴 진짜 잘생겼다……."

세 사람은 잠시 군것질거리를 내려놓은 채 골대를 향해 무어라 고래고래 소리 지르는 남학생을 넋 놓고 응시했다. 곧 지은이 고개를 절레절레 저으며 반문했다.

"분명 꽃미남이긴 하지만 그게 철수맨과 무슨 상관인데? 영웅이 학교 킹카라는 설정은 너무 진부하지 않아?"

"맞아. 그리고 강준석은 중학교 졸업하면 가수로 데뷔한다던데 이중생활을 하겠냐? 위험하게스리."

"그거 다 소문이래. 내 친구의 친구가 물어봤는데 연예인에 관심 없다고 했어."

"아냐, 걔 노래 부르는 거 좋아해. 그래서 축제 때마다 가요제에서 그렇게 열창하잖아. 내 친구의 친구가 그러는데 무슨 기획사랑 계약 앞두고 있대."

굴지의 킹카에 어울리는 훈장 같은 루머들이 우수수 쏟아져 나왔다. 전형적인 루머답게 내 친구의 친구로 시작되는 미확인 사실들이 구령대 밑으로 차곡차곡 쌓였다.

"……의 단짝 친구 주현우."

유채가 비장의 카드라도 꺼내듯 엄숙한 목소리로 덧붙였다.

"주현우?"

유채의 말이 끝나기 무섭게 누군가 하늘로 높게 치솟은 공을 향해 점프를 한다. 주현우다. 세 여학생은 흙먼지 묻은 축구공을 멋지게 머리로 걷어 내는 주현우를 관찰자다운 예리한 시선으로 바라보았다.

"비운의 2인자지."

2인자 주현우.

주현우는 강준석의 오래된 단짝 친구로 삼 년간이나 같은 반에 속해 있다. 그 역시 영서중학교의 여학생이라면 누구나 알고 있다. 그러나 강준석이 고유명사로 불리는 반면, 주현우는 '강준석과 만날 붙어 다니는 그 애'로 더 자주 불린다. 두 사람 다 훤칠한 키에 곱상한 얼굴의 소유자지만, 강준석이 태양이라면 주현우는 달 같은 느낌이다. 화려한 오라는 없지만 고요하면서도 존재감이 있다. 늘 가지런한 치아를 보이며 활짝 웃는 연예인 같은 강준석과 달리, 주현우는 그보다 더 현실감 있으면서도 어딘가 신비로운 분위기를 풍겼다. 그러나 말수도 별로 없고 무뚝뚝한 데다 언제나 뚱한 얼굴이라 강준석과는 다른 의미로 다가서기 힘든 존재였다. 모두가 상반된 분위기의 두 사람이 가장 친한

23

친구 사이라는 것을 의아하게 생각하곤 했다.

"뜬금없이 걔는 왜? 그냥 키가 엇비슷해 보여서?"

"아이 씨, 내가 생각 없이 주현우를 찍었다고는 생각하지 마."

유채가 두 사람의 시큰둥한 반응에 발끈하며 덧붙였다.

"지금 애들 축구하는 모습을 자세히 봐. 특히 강준석이랑 주현우를."

같은 반인 두 사람은 한 팀이자 한 몸처럼 움직이고 있다. 주현우는 세 명의 수비수를 제치고 살려 낸 공을 골대 앞에서 대기하고 있는 강준석에게 패스했다. 강준석은 그 공을 자연스레 골로 연결시켰다. 남자 아이들이 환호성을 지르며 우르르 강준석에게 달려가 몸을 부딪치는 모습이 보인다.

"두 사람이 축구하는 모습을 자세히 지켜본 적 있어? 아마 여자애들은 강준석이나 주현우 얼굴에 혼이 팔려서 쟤네들의 팀플레이를 관찰한 적 없을 거야. 지금 봐서 알겠지만 저 둘의 관계는 약간 특이해. 뭐랄까, 강준석의 단점이 세상에 드러나지 않도록 주현우가 보호하고 있는 느낌이야. 친구라기보다는 보호자랄까."

"강준석의 단점?"

"내가 봤을 때 강준석은 약간 일본 과자 같은 느낌이야."

"뭐야, 그건?"

"포장지는 거창한데 정작 내용물은 양이 콩알만 하달까. 강준석은 운동 실력도 그저 그렇고 성적도 고만고만해. 그리고 옆에서 자세히 보면 약간 덜떨어져 보여. 컨트롤을 할 줄 모른달까? 선물을 안겨 주면 주는 대로 다 받고 나중에 손이 모자라서 죄다 떨어뜨린 다음에 하하

하 웃으면서 주변 사람들에게 어쩌지, 어쩌지 할 놈이야. 그때 옆에서 말없이 선물을 주워 주는 사람이 주현우라고 생각해."

"무지 디테일하네. 언제 그렇게 관찰했나?"

"관찰한 게 아니야. 그냥 내 눈에 그런 모습들이 보였어."

유채가 약간 얼굴을 붉혔다.

"아무튼, 약간 모자란 강준석을 그럴듯하게 포장해 주는 사람이 주현우라는 얘기야. 난 두 사람 사이에 우리가 모르는 어떤 은밀한 관계가 있는 건 아닐까 생각해."

"은밀한 관계?"

"마치 중세 시대 영주의 아들과 그 영주를 대대로 지켜온 기사 가문 간의 관계처럼 말이야. 주현우에게는 강준석 곁을 지킬 어떤 의무가 있는 거야. 그래서 두 사람이 항상 함께인 거고."

"이를테면 조금 모자란 도련님을 지키는 기사 같은 거구나."

"하지만 그게 철수맨과 무슨 상관인데?"

희주의 목소리가 퉁명스럽다. 그녀는 자신의 당혹스러운 표정을 감추기 위해 과자 봉지로 얼굴을 묻다시피 했다.

사실 희주는 주현우와 약간의 친분이 있었다. 솔직히 얘기한다면 친분이라기보다 어떤 일을 계기로 한 번 스쳐 지나갔다고 하는 편이 맞다. 주현우는 전교생에게 숨기고 싶은 비밀을 갖고 있는데, 희주가 과거에 본의 아니게 그의 비밀과 마주친 적이 있었다. 그때 주현우는 희주에게 자신의 비밀에 대해 입을 다물어 줄 것을 진지하게 부탁했다. 희주는 그의 부탁을 일 년이 지난 지금까지 우직하게 지켜 오고 있었다.

단순히 그가 멋진 남학생이어서가 아니다. 그의 비밀이 상당히 건드리기 예민한 부분이었기 때문이다. 이제 와서 두 사람에게 이 얘기를 하는 건 무리였다. 아무리 가장 친한 친구라고 해도 타인과의 약속을 깨뜨리고 비밀을 발설하는 건 희주의 성격상 절대로 용납할 수 없는 일이었다.

"2인자의 설움 같은 거랄까? 가장 친한 친구의 후광에 가려서 '누구누구의 친구 그 애' 소리를 몇 년간 듣다 보면 꽤 열 받을 것 같지 않아?"

"하긴, 가끔 안쓰러워 보이긴 해."

세 사람 모두 작년 축제 가요제를 떠올리고 있었다. 목에 핏대를 세워 가며 열창하던 강준석과 그 곁에서 코러스와 화음을 넣어 주던 주현우를.

"네 말은, 현실에서 친구 때문에 늘 2인자 소리를 듣는 주현우가 그 설움을 풀기 위해 영웅 전설을 이용했다는 거야?"

"말하자면 그런 셈이지. 철수맨 가면을 쓰고 양아치들을 깨부수는 그 순간만큼은 강준석의 친구도, 2인자도 아닌 그냥 주현우인 거야. 자기 자신으로 인정받고 싶은 욕심이 가면을 쓰게 했는지도 몰라. 여기까지가 내 추측이야."

"뭐, 잘 모르니까……."

희주가 은근한 부정으로 유채의 말을 잘랐다. 물론 주현우가 철수맨이 아니라는 보장은 없다. 솔직히 희주 또한 철수맨의 후보로 주현우를 몇 차례 생각했었다. 그는 이미 예민한 비밀을 갖고 있기 때문에, 그 비밀에서 벗어나고 싶은 마음에 늦은 저녁마다 영웅 행세를 하며 스트레스를 해소하는 것일 수도 있기 때문이다. 가능성은 열려 있다.

희주는 주현우가 자신에게 '그 일'을 부탁하던 순간을 떠올렸다. 결코 그 아이를 좋아하는 건 아니지만 그때를 생각하면 아직도 두근두근한다. 바람에 흩날리는 억새풀, 노을 아래서 단둘이 그곳을 거닐던 몇 분. 낮고 진지한 목소리로 오늘 보았던 일을 다른 애들에겐 얘기하지 말아 달라고 부탁하던 주현우. 그때 그는 결코 냉정하거나 퉁명스럽지 않았다. 그 후로 학교에서 다른 아이들에게 냉정하게 구는 주현우의 모습을 보면, 자신의 비밀을 들킬까 봐 두려워 일부러 주변 사람들을 경계하는 것은 아닐까 의심이 들곤 했다.

"사실 개인적인 바람도 약간 섞여 있긴 해. 생각해 봐. 주현우가 철수맨이라면 얼마나 멋지겠니? 낮에는 그림자 기사에, 밤에는 양아치들을 처벌하는 정의의 사도……. 강준석은 상대도 안 돼."

셋 다 무언가를 우물우물 씹으며 주현우에게 집중했다. 햇볕에 적당히 그을린 얼굴은 열여섯 살답지 않게 성숙하다. 그러나 선천적으로 하얀 피부인건지 티셔츠 소매를 걷어 올린 팔 부분은 뽀얗다.

"그래도 주현우보다 강준석이 더 가능성 있지 않을까? 강준석은 유도 3단이라고 그러던데. 태권도도 잘한다고 하고. 어떻게 보면 전교에서 철수맨에 가장 부합하는 조건을 가진 사람은 강준석이야. 낮에는 빛나는 스타, 밤에는 빛나는 영웅."

희주는 일부러 두 사람의 관심을 강준석에게 유도했다. 함께 주현우의 뒤를 캤다가 두 사람 모두 그의 비밀을 알게 될까 봐 걱정스러웠다.

어쩐지 사건이 점점 복잡하게 꼬여 간다.

"강준석이 철수맨이라면 분명 멋지겠지만 왠지 맥 빠질 것 같아. 아, 역시 너였구나. 하는 기분이 들지 않을까?"

"그리고 우린 수많은 히어로 영화에서 교훈을 얻을 필요가 있어. 선량한 시민들을 구해 주는 영웅이 수업 시간마다 사인 연습하는 철없는 꽃미남이라고? 내 직감이 그건 아니라고 말해. 그리고 강준석이 무술 유단자라는 소문도 난 안 믿어. 증거 있어? 아무도 강준석이 도복 입은 모습조차 본 적 없잖아."

"그렇긴 해."

더 이상 반박했다간 괜히 이상한 눈초리만 받을 것 같다. 희주는 몇 개 안 남아 있던 초코볼을 입에 털어 넣고 한참을 우물우물 씹었다. 분위기상으로 보아 다음은 자신의 차례다. 이왕 이렇게 된 거, 지금으로서는 자신이 생각한 후보를 적극적으로 밀어주는 것이 최선이다.

"다음 타자로 넘어가자. 희주, 넌 누군데?"

희주는 과장되게 의미심장한 표정으로 두 사람을 둘러보았다. 다음 나올 말의 극적 효과를 키우기 위해서다.

"박민혁."

"말도 안 돼!!"

유채가 날카롭게 비명을 질렀다.

"예수 박민혁?!"

"그래."

희주가 웃음을 삼키며 고개를 끄덕였다. 언제 들어도 그 별명은 진짜 웃기다.

예수 박민혁.

이 세상 모든 죄를 사하셨던 그분처럼, 박민혁은 이 세상 모든 병을 홀로 짊어지고 산다. 어디를 걷든 골고다 언덕을 걷듯 힘겹게 걷고 무엇을 들어 올리든 십자가를 짊어지는 것처럼 힘겹게 들어 올린다. 그는 더 이상 설명이 필요 없는 최약체 인간으로 곁에 있기만 해도 수백 개의 바이러스에 전염되듯 몸이 피곤해진다.

"너무 많이 생각하다 미쳐 버린 거야? 철수맨 후보로 절대 오를 수 없는 단 한 명만 꼽으라면 난 주저 없이 박민혁을 댈 거야!"

"너희 웃으라고 선정한 후보는 아니야. 일단 내 설명을 먼저 들어 봐."

희주가 진지한 표정을 지으며 자세를 고쳐 앉았다.

"모든 영웅들의 일상이 브루스 웨인처럼 뽀대 나진 않아. 스파이더맨을 봐. 누가 그 찌질이를 뉴욕 시의 영웅이라고 생각하겠어. 안 그래?"

"영화 공식을 현실에 적용시키진 말자."

"아무튼! 난 거기서 힌트를 얻었어. 진짜 영웅이라면 평소엔 전혀 짐작도 못할 그런 인물이 아닐까. 영웅들은 대체로 자신의 업적에 무덤덤하잖아. 마땅히 해야 할 일을 했다고 생각할 뿐이니까. 오히려 자신의 업적이 탄로 날까 전전긍긍하면서 사람을 틈에서 전혀 눈에 띄지 않는 존재로 위장하고 살아갈 수도 있잖아. 그러다 몇 달 전 박민혁과 있었던 일이 떠올랐어."

그것은 새 학기 초봄에 있었던 일이다. 그때 당시엔 대수롭지 않게 넘긴 일이지만, 이제 와서 다시 생각해 보니 확실히 수상쩍다.

"너희들 내가 선도부장이라는 건 알고 있지?"

"우리 학교 누가 모르겠냐."

"날짜는 정확하게 기억 안 나지만, 8시 20분이 넘어서 교문을 닫고 걸린 애들 벌점 체크를 한 후였어. 후배들은 먼저 들어가고 학생주임도 곧 따라 들어갔지. 난 그날따라 교실에 늦게 들어가고 싶어서 학교 담벼락을 따라 후문까지 천천히 걸었어. 일단 수업이 시작되면 선생들이 다들 교실로 들어가서 한산해지잖아. 아무도 없는 담 길을 홀로 걸으려니 좀 감상적이 되더라고. 아, 이곳을 거니는 것도 올해가 마지막이구나. 내년이면 벌써 고등학생이구나……. 이런저런 생각을 하고 있는데 갑자기 눈앞에 책가방이 떨어졌어. 그래, 분명히 검은색 천 가방이었던 것으로 기억해. 난 반사적으로 소각장 뒤로 몸을 숨겼어. 딱히 숨을 이유는 없었는데 아마 담 타는 지각생을 잡아내야 한다는 선도부장의 소명 의식 때문이었나 봐.

그때 난 분명히 봤어. 담에 올라탄 채 주변을 둘러보는 남학생은 분명 박민혁이었어. 생각해 보면 평소 때와 표정도 약간 달랐어. 평소엔 피죽도 못 먹은 얼굴로 좀비처럼 돌아다니잖아. 그땐 부활한 예수님처럼 온몸에서 생명력이 넘쳤다니까. 문제는 그다음인데, 소각장 옆에 커다란 참나무가 한 그루 있잖아. 뛰어넘다가 나뭇가지에 옷이 걸려버린 거야. 그때 박민혁이 어떻게 했는지 알아? 텀블링하듯이 공중에서 한 바퀴 돌고 착지했어. 마치 기계체조 선수처럼 말이야!"

희주는 아직도 그 모습을 또렷이 기억했다. 능숙하게 공중회전을 마치고 착지하던 그 여유롭던 모습. 마치 높은 아파트에서 미끄럽게 굴러

떨어지는 한 마리의 고양이 같다고 생각했다.

"그걸 왜 이제야 얘기하는 거야?"

"그날 학교에 무슨 사건 터졌었어. 뭐였더라? 아아, 누군가 1층 정수기에 물 대신 소주를 넣어 놨잖아! 발칵 뒤집혔던 거 기억 안 나?"

"맞다! 멋모르고 마신 애들이 취해서 복도에 주저앉고, 애들이 쉬쉬하면서 다들 한 모금씩 마셔서 1교시부터 술 냄새 진동하고 장난 아니었잖아! 희대의 사건이었어. 도대체 누가 그랬던 걸까?"

생수통에 소주를 채워 넣었던 범인은 아직도 잡히지 않았다. 학생주임은 그간 행실이 좋지 못했던 몇몇 아이들을 학생부실에서 심문했으나 심증만 있을 뿐 물증이 없어 누구도 처벌하지 못했다. 학교를 다니다 보면 가끔 그렇게 말도 안 되는 일들이 일어난다. 마치 지루한 학교생활을 방지하고자 하는 차원에서 몇 개월마다 사건을 터뜨려 주는 비밀 조직이 있는 것이 아닐까 의심될 정도다. 목적이 불분명한 핵폭탄급 장난은 분명 선생들에게는 고통을, 학생들에게는 생기를 불어넣는다. 교내에 숨어있는 철수맨의 정체를 밝혀내려는 자신들처럼, 어쩌면 학교 곳곳에 괴상한 목적으로 이루어진 학생 비밀 조직들이 존재하는 것은 아닐까. 운동장 구석구석에 모여 있는 아이들을 바라보며 지은은 잠시 그런 생각을 했다.

"하여튼 그 사건으로 학교가 정신없어서 나도 금세 박민혁 사건을 잊어버렸어. 그 후로 다시 기억이 나긴 했는데, 그냥 운이 좋아 그런 자세로 착지했나 보다 하고 생각해 버리고 말았던 것 같아."

"그런데 철수맨 후보를 찾던 중에 그 장면이 다시 떠올랐단 말이지?"

31

"응. 그건 분명 보통 사람은 절대로 할 수 없는 동작이었어. 어쩌면 박민혁은 전교생이 알고 있는 것처럼 약골의 일인자가 아닐지도 몰라."

"흠, 일리 있는데. 진짜 영웅이라면 오히려 박민혁처럼 평상시에 약골로 위장하고 다닐지도 모르지. 드라마가 좀 되네."

"어쨌든 내가 추천하는 후보는 박민혁이야. 피부가 하얀 건 말할 것도 없지. 얼굴은 여자애보다 더 반들반들하잖아?"

"맞아. 늘 구부정하게 다녀서 그렇지, 그걸 쭉 폈다고 생각하면 팔다리도 길고 꽤 괜찮은 체격이야."

"응. 그리고 자세히 봐. 늘 지나치게 큰 엑스라지 사이즈 교복을 입고 다녀. 그런 걸 입고 다니니까 훨씬 더 왜소해 보이는 거야."

"박민혁은 당연히 약골이라고 생각해서 실제 체형이 어떻든 그저 깡마르고 작다고만 생각했었어. 다시 생각해 보니까 그 녀석 꽤 크구나."

세 사람은 머릿속에 박민혁의 얼굴을 각인시킨 후 다음 후보 선정을 기다렸다. 마지막으로 지은의 차례였다.

"교실로 들어가야 될 것 같은데?"

지은이 먼저 치마를 털고 일어섰다. 그러고 보니 고함으로 뒤덮였던 운동장이 어느새 조용해졌다. 점심시간의 운동장은 시계와 같은 역할을 한다.

"좋아. 그럼 국어 시간에 얘기하자."

세 사람은 먹던 과자봉지를 근처 휴지통에 쑤셔 넣고 서둘러 교실로 향했다.

"난 화장실 좀 갔다 갈게."

"빨리 들어와!"

지은은 고개를 끄덕이며 여자 화장실로 들어갔다. 5교시가 다 되어서 그런지 늘 북적이던 여자 화장실 안은 한산했다. 지은은 맨 마지막 칸으로 들어가자마자 변기통 뚜껑을 닫고 주저앉았다. 아직도 심장이 두근두근하다. 지은은 주현우에 대해 아주 잘 알고 있는 것처럼 얘기하던 유채의 얼굴을 떠올리고 있었다.

그 누구도 자신이 주현우를 입학식 때부터 짝사랑해 왔다는 사실을 알지 못했다. 지은은 좋아하는 남자애가 생기면 확성기를 들고 전국 방방곡곡에 떠들며 조언을 구하거나, 전투하는 마음가짐으로 작전을 짜고 실행에 옮기는 부류의 여자애는 아니었다. 오히려 특정 개인에게 반응하게 된 자신의 심장에 소녀답게 감동하며 소중하게 간직하는 스타일이었다. 오로지 간직만. 그러니까 영원히 간직만 하겠다는 자세였다. 지은은 사랑과 연애는 별개라고 생각했다.

그러나 유채는 그런 타입이 아니다. 유채는 2학년 때 한 반에서 두 명의 남자애와 사귄 적도 있었다. 그 때문에 여자애들 사이에선 별로 평판이 안 좋았다. 지은은 남자 때문에 친구를 질투하는 것은 유치한 일이라고 생각해 왔기에 유채의 평판에 별 신경 쓰지 않았지만, 유채가 만일 주현우를 좋아하는 것이라면 이야기가 달라진다. 언제 그렇게 주현우를 관찰했느냐는 희주의 질문에 얼굴을 붉히던 유채를 떠올렸다. 그때 심장이 덜컥 내려앉아 표정 관리조차 힘들었다. 자신도 모르게 일그러지고 있었던 것이다.

'괜찮아. 난 고작 남자 때문에 무의식적으로 친구의 단점을 잡아내

계획적으로 실망하고 돌아서 버리는 그런 여자애가 아니야.'

지은은 숨을 한 번 크게 들이쉬고는 일어섰다.

지문 읽기와 뜻풀이로 대표되는 국어 시간. 대부분의 학생들은 약에 취한 듯 몽롱한 얼굴이다. 엄격한 선생들은 어깨가 늘어진 학생들을 지목해 교실 뒤로 보내곤 했다. 교실 뒤에는 기다란 책상이 놓여 있는데 졸린 학생들은 그 책상 앞에서 선 채로 수업을 받아야 했다. 어느 수업 시간이건 졸음 때문에 수업에 집중할 수 없는 학생들은 자진해서 뒤로 나가 스스로 잠을 깨웠다.

지은과 희주, 유채가 교실 뒤로 나간 것은 졸음 때문이 아니었다. 그들은 점심시간에 이어서 마저 할 이야기가 있었다. 지은은 교실을 뒤덮고 있는 캐릭터 담요의 물결을 바라보았다. 목에서부터 두른 담요가 꼭 망토처럼 보인다. 망토……. 히어로 하면 역시 망토다. 영웅은 펄럭이는 망토 사이로 홀연히 사라져 줘야 제맛이다. 망토를 두른 스무 명 가까이 되는 아이들이 모두 철수맨의 후보라고 생각하자 기분이 묘해졌다. 전설의 모체가 이렇게 가까이에 있었다니.

내가 생각한 후보는 우리 반에 있어.

세 사람의 대화는 책상 한가운데 펼쳐진 공책 위에서 진행되었다. 유채가 재빨리 파란 펜으로 갈기듯 글씨를 썼다.

누구?
백윤주.

예상대로 희주와 유채가 펜으로 공책 위에 혼란의 낙서를 벅벅 그어 대며 놀라움을 표시했다. 백윤주는 이름 그대로 여학생이다.

여자라고????????????

극명한 물음표.

웬일이야. 그럴 수도 있겠다!!!!!!!!!!!!!!

엄청난 따옴표. 희주와 유채는 신세계를 발견한 항해사들처럼 놀라 움을 금치 못했다. 백윤주는 그들이 내놓은 후보들 중 가장 센세이셔 널했다.

백윤주.

백윤주의 별명은 윤주 조던으로, 신장이 무려 180센티미터나 된다. 게다가 체격과 신장이 서운하지 않도록 1학년 때부터 운동부에서 활 동하고 있었는데 종목은 다름 아닌 투포환이었다. 그녀는 매일매일 이 른 아침과 종례 후에 운동장 한구석에서 거대한 길이의 팔을 휘두르며 공을 던지곤 했다. 그 모습이 너무도 압도적이라 대부분의 학생들은 그녀의 신장과 괴력에 일종의 경외심을 갖고 있었다. 짧은 숏 커트에 시원스럽게 쭉 뻗은 팔다리. 백윤주는 얼핏 보면 잘 빠진 남학생으로 보인다. 만약 남자로 태어났다면 참 인기가 많았을 텐데, 대부분의 여학생이 그렇게 생각했다. 그리고 그들 중 몇몇은 여자로 태어난 이 아리송하고 중성적인 종자에게 꽃이나 초콜릿을 선물하며 소싯적 연정을 품곤 했다. 중학교에선 흔히 있는 일이다.

백윤주라면 충분히 가능해. 멀리서 보면 남자애로 보이잖아.

유채가 왼쪽 맨 뒷자리에 앉아 있는 백윤주를 힐끗 쳐다보았다. 장신인 그녀의 전용 좌석이다. 어제 운동이 과했는지 쓰러져 자고 있다. 책상 위로 떡 벌어진 어깨가 역시 건장하다.

맞아. 운동도 하고. 투포환 선수면 팔 힘 장난 아닐 거 아냐.
나 수학여행에서 윤주랑 같은 방 썼잖아. 그때 윤주의 운동화를 봤는데 한 270밀리미터는 되는 것 같더라. 철수앤의 발도 그 정도 돼 보였어.
결정적인 근거는 뭔데?

결정적인 근거.

지은은 유채의 한 줄에 잠시 머뭇거렸다. 두 사람이 각자 추천한 후보는 모두 그럴싸한 배경을 갖고 있었다. 주현우에게는 2인자의 설움이 있었고 박민혁에겐 위장 약골일지도 모른다는 가설이 존재했다. 그러나 지은이 백윤주를 최종 후보로 낙점한 것은 근거 있는 배경보단 그녀가 여자라는 이유가 가장 컸다. 지은은 누구도 생각하지 못했을 그런 획기적인 후보를 추천하고 싶었다. 그러다 보니 초점이 '철수맨을 부활시킨 이유'에서 벗어나 '진짜 철수맨일 때 가장 쇼킹할 인물'에 맞춰진 것이다.

지은은 자신이 진짜 목적을 망각했다는 사실에 당황했다. 사실 그녀는 어릴 때부터 자주 엉뚱한 길로 새곤 했다. 자신도 모르는 새 과정보다 결과에 집중하게 되는 것이다. 지은은 어릴 때부터 또래보다 성숙하고 똑똑하다는 칭찬을 자주 들어 왔다. 무언가 획기적인 결과물 때문이 아니라, 단순히 그녀가 또래보다 책을 많이 읽고 글씨체가 정갈하며 숙제를 꼼꼼히 해 왔기 때문이다. 덤으로 생김새도 얌전한 모범생다워 본의 아니게 반장이나 조장 등 책임감 있는 직함을 떠맡은 적도 많았다.

나이를 먹을수록 지은은 어른들이 얘기하는 것처럼 자신이 남들보다 진짜 성숙하고 현명한 아이인지 의심하게 되었다. 스스로 그렇게 믿으려 해도 본인은 눈에 띄게 특출한 무언가가 없었다. 기껏해야 중간에서 약간 위의 성적을 유지하며, 우왕좌왕하는 아이들이 자신을 찾을 때마다 이미 모든 것을 다 알고 있다는 얼굴로 판에 박힌 해결책을 제시해 주는 것뿐이었다. 조급함. 지은은 자주 조급함에 시달렸다. 남들과 다른 무언가를 보여 주어야 한다는 압박에서 비롯된 조급함. 출발점을 자주 잊는 건 아마도 그 조급함 때문일 것이다.

가면에서 힌트를 얻었어.

그러나 지은은 확실히 순발력이 있었다.

수많은 가면 중에 왜 굳이 남자아이 가면을 썼을까? 자신의 성별을 가리기 위해 일부러 남자아이 가면을 고른 건 아닐까? 그런 가면을 쓰면 목격자들이 자연스럽게 남자라고 생각할 테니까 자신의 정체를 감추기에도 유리했겠지.

때마침 기가 막힌 근거가 떠올랐다.

그리고 작년에 김정희 자살 기도를 막은 것도 백윤주잖아. 백윤주야말로 조용히 제자리만 지키고 있다가, 결정적인 순간이지만 아무도 나서지 않는 순간에 유일하게 나서는 정의의 기사 같은 애라고.

김정희 자살 기도 사건은 작년에 일어났던 해프닝이다. 한 여학생이 그 나이에 흔히 겪는 성적 고민과 친구 간의 다툼으로 극단적인 분노에 사로잡힌 것이다. 그 아이는 점심시간에 옥상에 올라가 모두 앞에서 보란 듯이 난간 위에 섰다. 그리고 누구든 옥상으로 올라오면 당장 뛰어내리겠다며 일 분에 한 번씩 고래고래 고함을 질러 댔다. 때문에 선생님조차 접근하지 못한 채 화단 근처에서 발만 동동 굴러 댔었다.
　그때 아무 말 없이 옥상으로 직행했던 학생이 백윤주다. 대부분의 아이들이 대사 한마디짜리 단역 배우처럼 '어떡해! 어떡해!'를 연발하고 있을 때, 백윤주는 묵묵히 옥상으로 올라가 몸을 바닥에 바짝 낮추고 김정희에게 소리 없이 다가갔다. 그리고 모두의 비명 속에서 그 아이를 낚아채 옥상 바닥으로 떨어뜨렸다. 그 후 김정희는 자신의 추레한 행각이 민망했던지 전학을 갔고 백윤주는 학교에서 급조한 공로상을 받았다. 일 년이 지난 후 그 일은 이미 까맣게 잊혀졌다. 그 시기에 일어났던 다른 수많은 사건들과 마찬가지로.

철수앤이 할 만한 행동이라고 생각하지 않아? 백윤주는 당연히 해야 할 일을 했다는 듯 애들의 감탄과 칭찬을 뚱하게 받아들이고 묵묵히 제자리로 돌아갔어. 난 그게 진정한 영웅의 자세라고 본다.

유채와 희주가 다시 동조의 의미로 의미 없는 낙서를 북북 그어 댔다.

맞아. 그리고 백윤주는 여자애들의 보디가드 같은 느낌이잖아. 백윤주가 있는 반에서 남자애들이 설치는 거 봤어? 백윤주의 카리스마는 대단하다고! 백윤주. 느낌 온다, 야!!!!!!!

금세 공책 몇 장이 너덜너덜해졌다. 지은은 저려 오는 손목을 살살 돌리며 자신의 순발력에 조용히 감탄했다. 오 분 만에 급조한 근거라고는 보이지 않는다. 왠지 사기를 치는 것 같아 개운하지 않지만 이 세상에 계획대로 풀리는 일은 없다고 했다. 에라, 이젠 돌이킬 수도 없다.

누구부터 깨 보지?

그 순간 수업 종료 종이 울리며 아이들이 동면에서 깨어난 뱀처럼 꿈틀거리기 시작했다.

"순서대로 하자. 주현우부터 밟아 보자고."

유채가 기지개를 펴며 속삭이듯 말했다. 그 순간 희주와 지은 모두 뜨끔한 얼굴로 콧등을 긁거나 손톱을 깨물었다. 물론 전혀 다른 이유로.

주현우의 비밀

　일주일간 주현우를 관찰한 결과, 셋은 강준석과 주현우 사이에 모종의 관계가 따로 있다는 가설에 완벽하게 동의했다. 그 둘에게는 확실히 특별한 무언가가 있었다. 그 특별한 무언가란 주현우가 너무도 자연스럽게 강준석의 모든 단점을 커버하고 있다는 것이다. 그것은 일반적인 친구 관계에서 나타나는 우정이라고 부르기엔 어딘가 묘한 분위기를 풍겼다. 그는 마치 하자 많은 신인 연예인을 다루는 노련한 매니저처럼 강준석의 어설픈 점들을 말끔히 보완해 냈다. 그에게서는 강준석이 원래 가진 재능보다 훨씬 많은 것을 가지고 있다고 믿게 만들어야 한다는 사명감마저 느껴졌다. 그 사명감이 어디서 시작된 건진 알 수 없지만, 확실한 것은 강준석은 주현우의 보호 아래에 있어야지만 '모두가 칭송하는 완벽한 킹카 강준석'이 된다는 것이다.

주현우는 정말 기묘한 학생이다. 전교 십 등 안에 드는 뛰어난 성적에 운동은 만능이고, 괜찮은 외모와 체격까지 지녔으면서도 기이할 정도로 눈에 띄질 않는다. 늘 그의 곁에 조각 같은 외모를 지닌 단짝 친구가 있기 때문일 수도 있지만, 그보단 스스로 자신에게 쏟아질 수 있는 스포트라이트를 두려워한다는 느낌이다. 여학생들의 집단적 애정공세가 자신에게까지 손길을 뻗치기 전, 미리 강준석이란 보호막을 단단히 수리해 놓고 그 그늘에서 안심하는 타입이라는 표현이 어울린다. 그는 정말 고요한 달과 같다. 넘치는 생명력이 느껴지진 않지만 빛을 조절하며 제자리에 확실히 존재하고 있다.

세 사람은 구령대에 걸터앉아 점심시간의 운동장을 바라보았다. 남자아이들의 발길질 때문에 모래 폭풍이 그칠 기미가 보이지 않는다.

"강준석에게 무슨 약점을 잡힌 건 아닐까? 그렇지 않고서야 저렇게까지 도와줄 수 있겠어?"

"모르지. 남자애들의 우정은 여자애들과 또 다르잖아."

"그나저나 강준석, 정말 버블이구나."

세 사람은 모래 폭풍을 일으키는 데 전혀 일조하지 않는 강준석을 바라보며 깊은 한숨을 내쉬었다. 콩깍지를 벗겨 내고 냉정히 관찰하자 모든 동작이 어설프기 짝이 없다. 고정된 이미지라는 건 어떤 의미로 무서운 것이다. 한 개인에 대한 고정관념이 생겨 버리고 나면 부정적으로든 긍정적으로든 눈앞의 진실을 무의식적으로 포장하게 된다. 강준석은 이미 공식적인 킹카로 자리 잡았기 때문에 그의 모든 어설픈 행동거지들이 순수함의 증거나 속 깊은 배려로 포장되어 버리는 것이다.

"강준석이 하는 것이라곤 골대 근처에서 서성거리다 주현우의 골을 제 길로 인도하는 것밖에 없군."

"아무도 어시스트는 기억해 주지 않으니까 모든 애들이 강준석을 득점왕으로 생각하는 것도 무리는 아니지."

"주현우, 보면 볼수록 완전 괜찮지 않아? 볼수록 매력 있어. 볼매야!"

유채가 발랄한 목소리로 주현우를 칭찬하자 지은은 자신도 모르게 긴장했다.

"뭐야, 이러다 너 주현우 좋아하게 되는 거 아니야?"

"무슨 소리! 난 대학갈 때까지 남자 친구 안 사귈 거야."

과연 그럴까. 지은은 의심스러운 눈초리로 유채를 힐끗 쳐다보았다. 그 순간 시선이 마주쳤다. 유채는 특유의 미소를 지어 보였다. 덧니가 매력적인 귀여운 미소다. 지은은 일 년 전 여자아이들이 유채의 미소에 대해 험담하는 것을 여러 번 들은 적 있었다.

'걔 웃는 거 진짜 재수 없지 않냐? 남자애들 후리려고 아주 환장한 미소잖아.'

'구미호 같아. 눈빛도 마음에 안 들어. 꼭 지가 뭐라고 되는 양 애들 깔보고 다니는데, 열라 짜증나.'

유채는 이런 험담들을 아는지 모르는지 아이들의 평판에 그다지 신경 쓰지 않았다. 유채는 2학년 때 같은 반에서 두 명의 남학생과 교제했다. 한 명은 안경잡이 모범생이었고 다른 한 명은 꽤 인기가 많은 장난기 넘치는 남학생이었다. 보수적인 지은은 유채의 대범한 이성 교제에 내심 놀랐다. 아무리 그래도 그렇지 같은 반에서 두 명이라니. 날마다 얼굴을 마주치면서 살 텐데 민망해서 어떻게 지낼까. 태연하게 등교하는 유채를 볼 때마다 그녀의 무심한 태도에 혀를 내둘렀다. 자신은 절대로 저렇게 행동하지 못할 것이라고 생각했다. 그러나 친구들과 함께 유채를 욕하지는 않았다. 오히려 남들의 평판에 신경 쓰는 자신과 달리, 주변인들의 설익은 비난을 쿨하게 넘겨 버리는 유채의 의연한 태도를 남몰래 동경하기까지 했다.

지은은 자존심이 강한 아이라 별다른 이유 없이 군중 심리에 휩쓸려 집단적으로 누군가를 비난하는 짓에 끼어들고 싶지 않았다. 그것은 너무도 유치하게 느껴졌다. 자신은 다르게 보이고 싶었다. 또래 여자애들이 열광하는 왕따나 작당에서 멀찍이 떨어져, 시간이 흐르면 자연스럽게 소멸될 어린 감정의 무덤을 내려다보고 싶었다. 그래, 모든 일에 늘 초연해 보이는 유채처럼. 지은의 내면엔 유채의 무심함과 의연함을 닮고 싶어 하는 욕망이 있었다. 그래서 그녀에게 먼저 손을 내밀어 친구가 된 것이다. 마음을 열고 친해진 유채는 애교스럽고 귀여운 데다 상당히 유머러스한 구석도 있었다. 지은은 유채를 많이 좋아했다. 평생 함께 가고 싶은 친구라고, 진심으로 그렇게 생각했다.

그러나 지금은 유채의 시선과 행동 하나하나가 지은을 불안하게 했다. 어떤 이유로든 유채가 주현우에게 관심을 갖는 모습이 싫었다. 지은은 자신에게 이렇게 덜 성숙하고 유치한 부분이 있다는 것을 참을 수가 없었다.

"그럼 오늘, 계획대로 미행하는 거야? 드디어 탐정 놀이 시작하는 거?"

지은의 복잡한 심정을 아는지 모르는지 유채가 들뜬 표정으로 눈을 깜빡였다.

"진짜로 집까지 따라갈 거야?"

"물론이지. 누구도 두 사람이 어디에 사는지 모르더라고. 학생기록부는 열람이 안 돼서 확인하기 어려워. 훔쳐보려고 했는데 열쇠 달린 캐비닛에 있는 데다 그 열쇠를 늘 학주가 가지고 다녀서 도저히 안 되겠더라."

"그렇게까지 할 필요가 있을까?"

희주가 최대한 의심을 사지 않을 정도의 목소리로 중얼거렸다. 주현우의 집이라니. 그의 비밀이 들통 나는 것도 시간문제다. 모든 것이 조심스러웠다.

"재밌잖아."

유채는 왜 안 되냐는 듯 눈을 동그랗게 뜨고는 구령대의 난간에서 먼저 내려왔다. 탁 하고 착지하는 소리가 가볍다.

"이 몸은 먼저 들어가신다. 수학책 안 가져와서 빌려야 돼."

지은은 총총 걸음으로 사라지는 유채의 늘씬한 뒷모습을 쳐다보았다. 그러지 않으려고 해도 자꾸만 여자애들이 떠들어 대던 유채에 대한 험담이 떠올랐다.

'남자 후리기엔 선수라니까.'

유채는 그런 아이가 아니다. 길 가다 멋진 남학생이 있으면 호들갑을 떠는 건 오히려 희주와 지은 쪽이다. 유채는 흘끗 쳐다보고 생김새나 분위기에 대해 성의 없이 품평을 하는 정도다. 언젠가 남자친구와 사궐 때 느낌이 어떠냐고 넌지시 물어보았을 때도 유채는 다분히 여자아이 같은 표정을 지으며 조그맣게 중얼거릴 뿐이었다.

'사귄다기보다는 돌본다는 느낌이었어. 내 세상이 무언가 달라질 줄 알았는데 그런 건 전혀 없었어. 둘 다 시시했어.'

그건 남자애들을 후리고 깔깔대는 여자애가 할 말이라곤 생각되지 않는다. 그 후로도 유채에게 접근해 오는 남자애들은 많았지만 유채는 모두 퉁명스럽게 거절했다. 여우 같은 여자애들처럼 미끼를 던지는 일도 없었다. 그건 가장 가까이에서 지켜본 지은이 누구보다 잘 알고 있다.

그러나 혹시, 여자애들의 험담처럼 유채가 겉 다르고 속 다른 여자애라면? 내가 보지 못하는 곳에서 우리 학교 남자애들을 하나둘씩 집어 삼키는 여자애라면? 현우가 그다음 타깃이라면?

싫다, 그건. 지은은 애초부터 유채가 주현우를 철수맨의 후보로 올린 것부터 마음에 들지 않았다.

두 사람은 예상대로 교문을 벗어나 학교 후문 쪽으로 향했다. 그곳은 아직 개발이 덜 된 구시가지로 향하는 길이다. 후문 앞에는 비포장 도로가 길게 늘어져 있고 녹슨 버스 표지판이 덩그러니 놓여 있다. 그 뒤로는 자그마한 논밭이 있고, 그 옆으로 재래시장으로 통하는 길목이 있다. 그 길목에는 오래된 오락실과 만화방, 분식집, 맞춤옷 전문점 같은 구멍가게들이 즐비하다. 높아 봤자 2층짜리인 상가들은 대부분 낡은 벽돌에 빛바랜 시멘트가 발라져 있다. 여기저기에 금이 간 데다 간판들도 심히 촌스러워서 외관이 그다지 좋지 못하다. 그 길목을 지나면 재래시장이 시작된다. 평범한 재래시장이다. 오가는 손님들은 대부분 노인이고 가게 앞에는 종이 상자에 매직으로 가격을 써 놓은 팻말이 성의 없이 매달려 있다. 사람이 많을 땐 꽤 활기차지만 지금은 한산하다. 이 한산한 재래시장을 지나면 조용한 주택가가 시작된다. 대부분 허름한 연립 주택으로 벽돌담마다 시시껄렁한 낙서가 쓰여 있다.

강준석과 주현우는 이곳에 도착할 때까지 자신을 미행하는 세 여자가 있다는 사실을 조금도 눈치채지 못했다. 두 사람의 무심한 발걸음 덕분에 지은과 희주와 유채는 목적지까지 완벽하게 따라붙을 수 있었다.

두 사람은 같은 집으로 들어갔다.

"뭐야, 같이 사는 거야?"

"한 사람은 놀러온 것일 수도 있지."

"잠깐만."

지은이 두 사람이 들어간 호수를 확인하더니 연립 주택 대문 옆에 붙어 있는 우편함을 확인했다. '201호'에는 '주현우'와 '강준석'이 살고 있다. 두 사람의 이름이 선명하다.

"어떻게 된 거지? 저 두 사람은 분명 같은 집에 살아."

"형제…… 일까?"

"바보냐? 성이 다르잖아!"

"친척일 수도 있잖아."

48

"생김새도 분위기도 전혀 다른데? 그리고 만약 친척이라면 굳이 학교에서 숨길 필요가 있었을까?"

"부모님들끼리 절친한 사이일지도 모르지."

"절친한 친구 사이라서 열여섯 살 먹은 아들들을 동거시킨다고?"

"사정이 있어서 잠깐 다른 데 가 계신 거야. 두 사람은 학교 때문에 따라가기가 어려우니까 아예 같이 살게 한 거겠지. 함께 살면 관리하기 훨씬 편하잖아."

지은과 유채는 저마다 다른 가설을 세워 주장했다. 그사이 희주는 골똘히 생각에 잠겼다.

'여기가 아닌데.'

이곳은 분명 강준석의 집이다. 주현우의 집은 이곳이 아니다. 자신이 두 눈으로 분명히 보았다. 주현우의 집은 이 골목길을 따라 쭉 내려가면 나오는 거대한 고목나무 근처에 있다. 여기까지 오는 길은 맞다. 그래서 긴장했다. 지은과 유채가 주현우의 집을 보게 된다면 얼마나 놀라게 될지 빤히 보였기 때문이다. 희주는 그때 자신의 비밀을 털어놓을 생각이었다.

'나, 사실 주현우의 비밀을 알고 있었어. 안 지 꽤 됐어. 그 애가 숨겨 달라고 부탁했기 때문에 여태껏 말하지 못했어. 미안해. 아무튼 이 비밀은 주현우의 치부야. 주현우는 이 사실이 학교 사람들에게 알려지는 것을 치 떨리게 싫어해. 그러니까 아무에게도 얘기하지 말자.'

"둘이 정말 가까운 사이구나……."

아무것도 모르는 지은이 201호를 올려다보며 멍하니 중얼거렸다.

저 문 너머에 삼 년간 짝사랑해 온 남자애가 산다. 주현우에 대한 환상을 공간적으로 변형시키자 언젠가 인테리어 북에서 보았던 복층 원룸이 떠오른다. 따뜻한 색깔의 나무 바닥과 깔끔하고 세련된 가구들. 사람이 사는 집보다는 모델 하우스에 가까운 판타지적인 공간. 누군가를 좋아하기 시작하면 그 사람이 사용하는 소품 하나하나에 특별한 의미가 붙는다. 지은은 분식점 앞을 지나갈 때마다 주현우가 자주 먹는 떡볶이를 애정 어린 시선으로 바라보았고 문방구에 들어설 때마다 주현우가 애용하는 모나미 펜을 한두 번쯤 만지작거렸다. 그러면 그 애와 연결된 흐릿한 인연의 끈이 좀 더 선명해지기라도 한다는 듯. 그러면 그 애와 자기 사이에 조금이라도 더 많은 이야기가 생긴다는 듯.

"어쨌든 주현우의 모든 행동반경을 파악할 수 있는 사람이 강준석이라는 거네. 함께 살고 있으니 주현우가 몇 시에 집을 나서는지, 언제 들어오는지도 알고 있겠지."

"만약 주현우가 철수맨이라면 강준석을 두고 혼자 여러 번 집을 나선 적이 있을 거야."

"마지막으로 철수맨이 출현한 날이 언제였지?"

"4월 20일. 목요일이야."

"오케이. 그럼 강준석에게 접근하는 편이 빠르겠다. 혹시 그쯤에 주현우가 이상한 행동을 한 적은 없는지 은근히 떠보자."

"눈치채지 않을까? 우리가 수상한 행동을 하고 있다는 걸?"

"글쎄…… 지금까지 강준석을 지켜본 바에 의하면 그리 의심 많은 성격 같진 않던데. 오히려 너무 해맑고 티 없어 보여서 사람을 좀 짜증나게 한다면 모를까."

"그건 그래."

세 사람 모두 그 의견에 동의했다. 문제는 전교에서 가장 많은 시선을 몰고 다니는 강준석에게 어떻게 소리 소문 없이 접근하느냐는 것이다.

"희주야, 부탁해."

희주가 얼떨떨한 얼굴로 유채를 바라보았다.

"공권력을 사용할 때가 왔어."

"주임 선생님이 부르셔서 왔는데."

강준석이 티 없이 맑은 미소를 지으며 학생부실 문을 열었다. 단정한 헤어스타일과 제자리에 붙어있는 명찰, 실내화 위로 딱 떨어지는 바지 기장까지 뭐 하나 흠잡을 데 없는 완벽한 모습이다. 희주는 캐비닛 앞에서 무언가를 뒤지는 척하면서 자리에 앉으라며 손짓했다. 다행히 주현우의 모습은 보이지 않았다.

"선생님은?"

"곧 오실 거야."

강준석은 조심스럽게 다가와 소파에 앉았다. 어찌나 스프링이 후졌는지 앉자마자 엉덩이가 푹 꺼진다.

"많이 화나신 것 같아?"

윽, 진짜 잘생겼군. 희주는 자신도 모르게 시선을 피하며 얼굴을 붉했다. 이렇게 가까이서 강준석을 보는 것은 처음이다. 동공이 어쩌나 크고 맑은지 그 안에 비치는 자신의 모습이 너무도 비루하게 보였다.

"아냐. 자세한 건 모르겠지만 네 머리 때문인 것 같아. 색이 좀 튀잖아."

희주는 강준석의 강아지 같은 눈빛을 외면하며 선도부장의 위엄을 드러내기 위해 어깨를 폈다. 그를 조금 겁먹게 만들어야 이야기가 한결 수월하게 풀리리라 생각했다.

"이건 천연이라고 예전에 말씀드렸는데?"

"그래도 다른 아이들은 차별이라고 생각할 수 있으니까."

"설마 양귀비 같은 걸로 염색하라고 하시는 건 아니겠지?"

"넌 뭘 해도 잘 어울릴 거야."

이것이 꽃미남의 힘인가. 희주는 자신도 모르게 튀어나온 낯간지러운 칭찬을 황급히 집어삼키고 본론으로 들어갔다.

"주현우랑 정말 친해 보이더라."

"응. 제일 친해."

"그럼…… 자주 같이 있겠네?"

"거의 같이 있지."

"저녁에도?"

"응."

"그럼 둘 사이엔 비밀 같은 건 없겠네?"

"그럼."

희주는 이제까지 강준석과 제대로 대화를 나눠 본 적이 없었다. 가끔 교문 앞에서 명찰이나 헤어스타일에 주의를 준 것이 다였다. 그러나 그는 마치 희주가 친한 친구라도 되는 것처럼 방긋방긋 웃으며 모든 질문에 상냥하게 답했다. 타인을 경계하거나 의심한다는 것이 어떤 것인지 아예 모르는 사람처럼. 이런 모습의 강준석을 명쾌히 설명할 수 있는 어떤 단어가 있긴 한데, 물안개 뒤에 감춰진 것처럼 느낌만 어렴풋이 감지할 뿐 글자가 보이질 않는다. 뭐였더라, 그 단어가.

"사실 궁금한 게 몇 가지 있는데."

"물어 봐."

"혹시 주현우에게서 이상한 점을 느낀 적 없니?"

"이상한 점? 글쎄, 딱히 없는데. 왜? 현우가 너한테 이상하게 군 적 있어?"

"아니. 그런 건 아닌데……."

이렇게 순진한 얼굴로 나오자 오히려 모른 척 속이는 것이 미안해진다. 희주는 그럴싸한 변명거리를 떠올리려 애썼다. 그때 강준석이 무언가 생각났다는 듯 눈을 동그랗게 떴다.

"아, 하나 있어."

"뭔데?"

"현우는 가끔 저녁 늦게 집을 나가서 오랫동안 들어오지 않아."

이거다! 희주의 눈이 번뜩였다.

"슈퍼나 만화책 가게에 간다고 하고 나가는데, 내가 같이 가자고 하면 끝까지 혼자 가겠다고 고집을 부려. 돌아올 때 보면 딱히 무언가를 사 오지도 않고. 그 시간에 나가서 뭘 하는지 모르겠어."

53

"혹시 언제였는지 기억나니?"

"응. 목요일마다 그랬어."

심장이 덜컥 내려앉았다. 철수맨이 마지막으로 출몰했던 날짜가 분명 지난 목요일이었다.

"확실해?"

"응. 내가 즐겨 보는 드라마가 있는데 수목에 하거든. 목요일엔 예고편이 나오지 않아서 늘 아쉬워하는데, 아쉬워했던 날마다 현우가 혼자 사라졌던 걸로 기억해."

희주는 잠시 당황했다. 이렇게 묻는 대로 척척 대답할 줄이야. 탐정소설에서 긴장감을 가미시키는 용의자와의 심리전 따윈 전혀 없다. 윽박지른 적도 없는데 듣고 싶었던 증언들이 굴비처럼 줄줄이 이어져 나온다. 지금까지는 정황이 딱딱 들어맞는다.

'진짜 주현우가 철수맨인가? 여중생이 맘먹고 달려들면 가면이 벗겨지는 영웅이라니, 어쩐지 맥이 빠지네.'

그러나 아직까지는 심증과 빈약한 물증만 있을 뿐이다. 역시 확신하기 위해서는 미행이 필요하다.

'주현우의 비밀, 친구들이 알아채게 내버려 두어도 괜찮은 걸까. 그 앤 정말 그 사실을 끝까지 숨기고 싶어 하는 것 같았는데……. 하지만 가장 중요한 것은 역시 철수맨의 정체야. 나에게는 철수맨을 찾아내야만 하는 절실한 이유가 있어.'

희주는 마음을 굳히고 일어섰다.

"알았어. 기다려. 학생주임 불러올게."

"응."

"그리고 저기…… 부탁인데 우리가 방금 했던 대화는 주현우에게 하지 말아 줄래?"

"응. 걱정 마."

희주는 그가 싸한 얼굴로 '왜?'하고 반문할까 봐 걱정했다. 보통 모르는 여자애가 난데없이 비밀을 앞세우면 남자애들은 당황하기 마련이다. 그리고 금세 여자애를 이상한 눈으로 쳐다보며 이유를 묻는다. 방금 나눈 짧은 대화와 만남으로 혹여나 귀찮은 일에 엉켜들지 않을까 하는 노파심으로. 그러나 강준석은 어떠한 의심도, 불신도, 의문도 품지 않은 얼굴로 해사하게 웃었다. 나는 그대의 모든 부탁을 들어주기 위해 이 세상에 내려왔노라 하는 오라를 풍기며.

희주는 학생부실을 나선 후 오 분 정도 복도에서 서성거렸다. 그러다 급히 뛰어온 것처럼 숨찬 얼굴로 다시 학생부실 문을 열고 들어갔다. 학생주임이 급한 회의가 생겨 늦게 됐으니 다음에 다시 호출하겠다는 거짓 전언을 전했을 때, 강준석은 역시 일 퍼센트도 의심하지 않는 얼굴로 고개를 끄덕이며 일어섰다. 마치 상장을 받고 돌아가는 듯 즐거운 얼굴로 학생부실을 나서는 강준석의 얼굴에서, 희주는 물안개 속에 감춰져 있던 그 명쾌한 단어를 찾아냈다.

백치미.

그것이 영서중학교의 아이돌, 강준석의 진짜 정체다.

"왔어?"

세 사람은 아홉 시 사십 분에 주현우와 강준석의 집 근처의 공터에서 모였다. 다들 검은색 상의에 어두운 계열의 바지를 입고 있다. 서로의 비장한 얼굴을 보자 웃음은커녕 한숨이 나왔다.

"내가 무슨 부귀영화를 누리려고 이 짓을 하는 건지 모르겠다."

"재밌잖아! 완전 흥미진진하지 않아?"

유채는 발랄하게 대꾸하고는 후드를 뒤집어썼다. 강준석의 말에 따르면 오늘은 목요일이니 주현우가 집을 나설 것이다.

"저녁이라 그런지 쌀쌀하다."

세 사람은 연립주택 근처에 주차된 승용차 뒤에 옹기종이 모여 앉은 채 주택 문이 열리기를 기다렸다. 원래는 열람실에 있어야 하는 시간이다. 이 시간에 쏘다닌 것을 들킨다면 잔소리만으로는 끝나지 않으리라. 그럼에도 위험을 무릅쓰고 여기까지 내달린 것은 오로지 소녀 탐정 추리극의 쏠쏠한 재미에 한껏 반해 있기 때문이다.

"야, 나온다!"

희주가 들릴 듯 말 듯 속삭였다. 세 사람은 잔뜩 어깨를 움츠린 채 숨을 죽였다. 어두침침한 공간과 늦은 시각이 긴장감에 비장함을 더했다.

주현우는 정확히 저녁 열 시에 집을 나섰다. 적당히 붙는 티셔츠에 청바지 차림. 희주가 보았던 철수맨의 옷차림과 일치한다. 검은 천 가방은 보이지 않는다. 두 손에 아무것도 들지 않은 것으로 보아 먼 곳을 가는 것은 아닌 모양이다.

"이 동네엔 가로등도 없나? 음침해 돌아가시겠네."

유채가 투덜거리며 핸드폰 조명으로 발밑을 밝혔다. 저만치 열 발자국 정도 앞에서 걷고 있는 주현우의 등이 어둠 속으로 가라앉았다가 어느 순간 솟아오른다. 세 사람은 수평선처럼 보이는 그의 어깨와 저벅저벅하는 발자국 소리를 놓치지 않기 위해 오감을 곤두세우고 뒤를 밟았다. 그는 계속해서 골목길을 내려갔다.

'자기 집으로 가고 있는 거야.'

맨 뒤에 서 있던 희주는 직감적으로 그가 어디로 향하는지 눈치챘다.

"어디로 가는 거지? 철수맨이 자주 등장하는 공사장은 이쪽이 아니잖아."

"언덕으로 내려가야 되지 않나? 반대편으로 가고 있는 걸 보면 응징하러 가는 건 아닌 모양인데?"

"일단 따라가 보자."

'큰일이네……. 이대로 가다간 주현우의 진짜 집이 들통 날 텐데.'

주현우의 진짜 집.

희주는 일 년 전 주현우의 비밀과 맞닥뜨렸던 그날을 떠올렸다. 그녀는 지금처럼 이 골목을 걷고 있었다. 다른 것이 있다면 함께 걷는 이가 친구들이 아닌 자신의 어머니였다는 사실이다.

"어디에 있는 건데, 도대체?"

"조금만 더 가면 돼. 고목나무 근처라고 했어."

어머니의 핸드백 속에는 두툼한 돈 봉투가 들어 있다. 희주는 그것이 누구를 위한 돈 봉투인지 잘 알고 있었다. 오빠를 위한 것이다. 더나아가 오빠를 광명의 길로 인도할 무당을 위한 것이다. 희주의 오빠병주는 상태가 좋지 못했다. 건강이 아니라 정신과 개념이. 그는 희주와 여섯 살 터울로, 박씨 가문의 귀하디 귀한 맏손자로 태어났다. 때문에 어린 시절을 굽실거릴 줄 밖에 모르는 어른들 사이에서 성장했고, 그 시절이 곧 그의 인격을 형성했다. 한마디로 병주의 인격은 개판이었다. 세계는 너를 중심으로 돌아간다는 세뇌 아래서 자라난 남자아이는 스무 살이 되기도 전에 스스로를 파라오의 현신으로 착각했다. 자신은 공장에서 찍어 낸 기성품이 넘쳐 나는 대학 캠퍼스에서 사 년을썩히는 일 따위보다 훨씬 대단한 일을 해내야 했다. 신의 호위 아래 태어났다는 사실을 금전적으로나 지위로나 확인받고 싶었다.

그래서 그는 다단계 사업에 뛰어들었다.

당연히 망했고, 빚을 졌으며, 사채를 썼다. 튼튼하던 희주의 집안은잘못 키운 아들 하나 때문에 급속도로 나락으로 굴러떨어지기 시작했다. 부모님은 뒤늦게 병주를 집에 가두고 그가 '사업'이라고 부르는 것이 얼마나 '병신 같은 짓거리'인지 고함과 매질을 통해 가르치려 했다. 하지만 뒤늦은 훈계는 너무 이른 훈계보다 더 소용없는 법이다. 병주는부모가 자식의 앞길을 막아선다는 애물단지 특유의 발언과 함께 골방에 틀어박혔다. 마음 약한 어머니는 '어머니다운' 생각으로 자식을 구제할 길을 찾아냈다. 그의 아들은 못되고 모자라서 저러는 것이 아니

58

다. '원래는' 착하고 성실한 아이다. 단지 그 아들의 신성한 육체에 무언가 불길한 마가 끼었기 때문에 저렇게 된 것이다. 그 마를 씻어 내는 일은 인간의 영역이 아니다. 그것이 불쌍한 어머니의 결론이었다.

"찾아가 봤자 소용없다니까 그러네."

"조용히 해. 나도 간신히 알아내고 약속 잡아서 찾아가는 거야. 얼마나 용한지 웬만한 사람들 아니면 안 받아 준대. 홍보도 안 하고 동네 요란한 굿거리도 안 하는데 소문이 다 난 거 봐."

"그래서, 그 무당이 써 주는 부적만 있으면 오빠가 정신 차린다고?"

"엄마는 그렇게 믿는다."

"난 엄마가 되면 절대로 그렇게 바보같이 굴지 않을 거야."

"여기야."

그들은 거대한 고목나무 앞에 서 있었다. 이 동네는 영서중학교를 기점으로 두 구역으로 나누어진다. 신시가지 아파트 단지와 개발되지 않은 원풍경의 옛 동네. 고목나무를 중심으로 형성되어 있는 이 구역은 무질서하게 늘어져 있는 주택들이 출구 없는 미로를 이루고 있다. 빛바랜 담과 빨래집게에 걸린 꽃무늬 옷가지에서는 정겹지만 남루한 향취가 났다. 희주는 눈앞의 고목나무를 조심스레 올려다보았다. 수백 년 된, 이 동네의 가장 오래된 터줏대감. 동네를 떠도는 미신과 괴담 중 이 고목나무와 얽히지 않은 것이 없다. 이 나무는 전설의 원천이자 이 지역 뿌리의 시초이며 모든 것을 지켜봐 온 목격자이기도 하다. 손바닥 모양의 검은 잎사귀를 보자 소름이 돋았다. 동시에 왠지 모르게 숙연해졌다. 수령 깊은 나무 앞에서 느끼는 당연한 경외심 때문이었다.

"계세요?"

희주의 어머니는 고목나무 뒤편으로 좀 더 들어가 주변을 둘러보더니, 이윽고 낡은 금색 알루미늄 문을 두드렸다. 불투명 유리창 안쪽으로 울긋불긋한 무언가가 비친다. 희주가 새끼줄에 걸린 부적을 만지작거리자 어머니가 엄한 얼굴로 손바닥을 때렸다.

"신당에서는 어떤 것도 함부로 건드리면 안 돼."

신당에 와 본 것은 처음이다. 그곳은 영화나 드라마에서 보았던 세트장과 크게 다르지 않았다. 빨갛고 노랗고 까만 기묘한 그림들, 용도가 불명확한 조각품들, 먼지가 잔뜩 껴 무엇이 들어 있는지 알 수 없는 더러운 유리병들이 무질서하게 늘어져 있었다. 신당의 주인은 현란한 색채의 소용돌이 속에 정좌를 하고 앉아 있었다. 눈매를 강조한 짙은 화장과 어른이라고 믿을 수 없는 너무도 작은 체구. 눈이 번쩍 뜨일 정도의 미인이지만 기괴한 분위기다. 희주는 당장에 이곳에서 나가고 싶어졌다. 향냄새가 너무 지독해 숨을 제대로 쉴 수가 없었다.

"강 씨 부인 소개로 왔다고?"

"예. 참으로 용하다고 하셔서 말이라도 나누고 싶은 마음에 이렇게……."

"보아하니 자식새끼 문제구만."

무당이 히죽거리며 웃는다. 어머니는 달아오른 얼굴을 숙이고 조용히 그 앞에 가 앉았다. 희주는 가까이 다가서기가 무서워 현관 앞에서 우물쭈물거리며 서 있었다. 무당은 또다시 히죽 웃고는 어머니의 얼굴을 뚫어지게 쳐다보기 시작했다. 이윽고 두 사람 사이에 알아들을 수 없는 조근조근한 대화가 오갔다. 희주는 엿들을 생각을 포기한 채 신당을 조심스럽게 둘러보았다. 희주는 미신을 믿지 않았다. 비싼 부적이 복을 가져다준다면 누가 불행해지겠는가. 그러나 본래 호기심이 많은 성격이라 이곳을 나가 하릴없이 주변을 돌아다니며 시간을 축내고 싶진 않았다. 언제 또 무당의 집을 와 보겠는가.

'그나저나 저 무당 뒤에 있는 저거, 저게 뭐지. 액자 같은데…….'

희주는 미간을 찌푸린 채 열심히 무언가를 설명하고 있는 무당의 뒤편을 바라보았다. 평범한 나무 액자가 놓여 있었다. 희주가 그 액자에 흥미를 가진 이유는 사진 속 어렴풋이 보이는 남자아이의 얼굴이 어딘가 눈에 익었기 때문이다.

'앗! 주현우잖아?'

그 순간 현관문이 열리며 기다란 그림자가 희주 위로 드리워졌다. 하마터면 소리를 지를 뻔했다. 희주가 입을 틀어막고 위를 올려다보았을 때 그곳엔 귀신이 서 있었다. 방금 액자에서 튀어나온 귀신. 정확히 얘기하면 액자 속 주인공인 주현우가.

"너……."

두 사람은 전혀 모르는 사이라고는 할 수 없었다. 서로 얼굴과 이름은 알고 있으나 제대로 된 대화는 나누어 본 적 없는 사이. 전형적인 '그냥 같은 학교에 다니는' 사이였다.

"여기서 뭐하고 있는 거야?"

희주는 그때 주현우의 가장 드라마틱한 표정 변화를 보았다. 늘 무덤덤하고 퉁명스러웠던 주현우의 얼굴이 경악으로 가득 차더니 곧 절망으로 일그러졌다. 그는 동급생을 절대로 마주칠 일 없는 장소에서 마주쳤다는 사실에 크게 당황한 듯했다.

"들어와."

무당이 기다란 손을 올리며 우아하게 손짓했다. 희주는 무당이 화장을 지운 얼굴을 상상했다. 약간 아래로 처진 가녀린 눈매. 현우는 그 눈매를 빼닮았다.

'두 사람은 모자 관계야.'

"가져오라는 건 가져왔어?"

"이런 심부름 시키지 말랬지."

'주현우가 무당의 아들이었다니……. 말도 안 돼. 그 누가 상상이나 했겠어?'

주현우는 가방에서 붓과 종이 같은 평범한 물건을 내팽개치듯 던졌다. 예상하지 못한 순간에 직면한 입술이 긴장으로 바르르 떨렸다.

"내 아들이야."

자식의 격양된 감정을 모르는 척 무당은 희주의 어머니를 향해 자랑스럽게 소개했다.

"따로 살고 있어. 이 녀석은 내가 수치스럽기 때문에 저쪽 골목길에 있는 작은 원룸에 살지. 독립치고는 참 빨라."

무당의 교태 어린 웃음소리가 신당 가득 울려 퍼진다. 주현우의 얼굴에 체념과 분노가 서렸다.

"생활비는 나한테 받아 타 쓰는 주제에."

"시끄러워."

"어른인 척하지만 어쩔 수 없는 꼬꼬마지. 아마 학교에선 멋들어지게 폼 재고 다니겠지만 실은 겁쟁이일 뿐이야. 지 애미가 무당이라는 사실을 들킬까 봐 잔뜩 쫄아서는 신비주의인 척하고 다니겠지. 십 대 애들이란 웃겨, 정말."

무당은 방석 밑에 두었던 노란색 봉투를 꺼내 주현우의 가방에 쑤시듯 집어넣었다. 희주는 그 순간 어쩐지 무당이 자신을 향해 말하고 있다는 이상한 느낌을 받았다. 우연치 않게 찾아온 같은 학교 여학생 앞에서 평범한 다른 어머니들처럼 아들의 모자란 점을 옹호하는 것이라고 느낀 것이다. 그 사이 주현우는 폭발 직전에 다다른 얼굴로 희주를 흘끗 쳐다보고는 현관문을 박차고 나섰다.

"저…… 저는 나가 있을게요."

희주는 허겁지겁 일어나 신발을 구겨 신고 신당을 나섰다. 주현우를 따라가야 한다. 가서 지금 있었던 일에 대해 이야기를 나눠야 한다. 머릿속에 주인 모를 지팡이가 나타나 희주를 인도했다. 무당이 어떤 주문을 걸어 놓은 것일까. 희주는 최면에 걸린 사람처럼 주현우를 뒤쫓았다.

"저기."

뒤를 돌아본 주현우의 얼굴은 다시 평소처럼 담담해져 있었다. 누군가를 죽일 듯한 기세도, 치부를 들킨 수치심도 보이지 않았다. 희주는 내심 감탄했다. 그녀도 감정 컨트롤이라면 자신 있었지만 감추고 싶은 가정사의 비밀을 들키고도 이 짧은 시간에 스스로를 진정시킬 수는 없었을 것이다.

"잠깐 얘기 좀 할 수 있을까?"

"응."

희주는 '정해진 운명'이니 '예고된 불행' 따윈 믿지 않았지만 이것은 분명 신당에서 마주쳤을 때부터 예견된 대화였다. 둘은 말없이 골목길을 걸었다.

얼마나 걸었을까. 풀 냄새 뒤섞인 시큼한 강바람이 불어온다. 이 마을을 경계 짓는 가느다란 강줄기가 여느 때와 다름없이 소박하게 흐르고 있다. 강 건너로는 꽤 커다란 규모의 꽃 시장과 컨테이너 건물, 논밭이 듬성듬성 펼쳐져 있었다. 두 사람은 잠시 말없이 하천을 내려다보았다. 주현우는 투박한 돌계단을 내려가 강가로 좀 더 가까이 다가갔다.

"안 추워?"

"응."

"여기가 조용해서. 아까 그쪽은 분위기가 좀 그랬지? 칙칙한 동네야."

"응…… 아니."

희주는 횡설수설하며 그의 눈치를 보았다. 주현우는 쉽게 입을 열지 못했다. 어떤 식으로 이야기를 꺼내야 하는지 망설이고 있는 것이다. 겁쟁이. 아까 전 무당의 목소리가 다시 들려오는 듯하다. 결국 희주가 먼저 말문을 열었다.

"어머니랑 같이 사는 건 아닌가 봐?"

"응."

주현우가 안심한 얼굴로 곧장 대답했다.

"따로 살아. 내가 어머니 일을 좋아하지 않아서."

그는 그렇게 얘기하곤 다시 강가를 바라보았다. 벌레 우는 소리와 억새풀이 바람결에 흩날리는 소리, 하천이 흐르는 소리가 맞물려 향토적이면서 아련한 분위기를 자아냈다. 가끔 영화를 보거나 쇼핑을 위해 버스를 타고 시가지로 나갈 때마다, 희주는 고층 빌딩의 기세에 짓눌려 금세 이 아련한 풍경을 그리워하곤 했다.

"학교 애들은 아무도 몰라. 우리 엄마가 무당이라는 거."

"아무한테도 얘기 안 했어?"

"준석이 외엔 누구도 몰라. 거짓말했어. 엄마는 그냥 평범한 주부라고. 저렇게 신당 차려 놓고 닭 피로 부적을 그리는 이상한 여자가 아니라."

"어쩔 수 없는 거 아니니? 무당이라는 건……."

"난 싫어. 저런 집에서 태어났다는 게."

"그렇구나……."

그렇구나, 그 말밖에 할 수 없었다. 두 사람은 한동안 아무 말도 하지 않았다. 대화하는 게 서투르구나, 희주는 그렇게 생각했다.

"아무한테도 얘기하지 말아 줘. 오늘 일."

"그럴게."

"고마워."

대화는 더 이상 이어지지 않았다. 주현우는 원래가 과묵한 스타일이라 갑작스럽게 자신의 비밀을 알게 된 여자아이 앞에서 집안의 내력이니 현재 심정이니 하는 이야기를 구구절절 말하고 싶지 않았다. 희주도 이쯤에서 그만두는 것이 좋겠다고 생각했다. 이 정도 얽히는 것이 딱 좋다. 깊게 파고 들어간다면 서로 피곤해지기만 할 것이다.

"집까지 데려다 줄게."

"아니야. 아까 있던 곳으로만 데려다 줘. 어머니가 아직 계실 거야."

주현우는 대답 없이 고개를 끄덕였다. 두 사람은 다시 강둑 위로 올라가 왔던 길을 되돌아갔다. 휘파람 같은 바람 소리가 멀어져 간다. 주현우는 희주의 바로 옆에서 묵묵히 바닥만 내려다보았다. 다시 신당에 도착할 때까지 두 사람은 아무 말도 하지 않았다.

그 후로 두 사람은 교내에서 몇 번이나 마주쳤다. 주현우는 가벼운 안부를 묻거나 살짝 눈인사를 건넸다. 그것이 다였다. 두 사람은 여전히 모르는 사이인 척 지냈다. 아마도 그날의 일을 아주 없던 일로 치부해 버리고 싶은가 보다, 희주는 어렴풋이 그렇게 생각했다. 비밀을 끌어안는 것은 희주의 특기였다. 희주는 인사조차 제대로 나누지 않는 전혀 친하지 않은 남자아이의 비밀을 오랫동안 묵묵히 지켜 왔다.

그것이 벌써 작년의 일이다. 이 골목을 돌기만 하면 고목나무가 나온다. 그 뒤가 바로 주현우 어머니의 신당이다. 희주의 가슴이 점점 두근두근해진다.

"으아, 이 나무는 저녁에 보니까 진짜 소름 끼친다."

"천 년 묵은 고양이의 혼이 서려 있는 나무라고 하던데."

"그딴 전설의 고향에서도 안 써먹을 괴담은 어디서 싸 들고 왔나?"

"진짜야! 이 근처에 무슨 유명한 신당 있다는 얘기 못 들었어? 누군가 이 고목나무에서 고양이를 죽였었대. 그래서 이 부근에서 온갖 재수 없는 일이 일어나고 난리도 아니었는데 그 신당의 무당이 용한 굿을 벌여서 겨우 괜찮아졌대."

희주의 살갗이 차갑게 식었다. 유명한 무당, 그들은 주현우 어머니의 이야기를 하고 있었다.

"다 왔나봐."

"야…… 저기 신당 아니야? 그 무당이 산다는!"

"쟤가 저길 왜 들어가?"

"애들아, 있잖아."

희주가 작정한 얼굴로 두 사람의 어깨를 돌려세웠다. 그들은 고목나무를 사이에 두고 몸을 수그린 채 숨어 있었다.

"사실 할 얘기가 있어."

"나중에 하면 안 돼? 지금 중요한 순간이잖아!"

"혹시 저기가 양아치들의 아지트, 뭐 그런 거 아닐까? 그걸 어디서 전해 들어서 그놈들을 단체로 소탕하러……."

"가면 쓰는 거 못 봤잖아."

"아니면 저기에 가면을 숨겨 둔 거 아냐? 철수맨의 아지트일지도 몰라."

"지금 해야 되는 이야기야. 중요한 이야기라고!"

그제야 두 사람이 가설 퍼레이드를 멈추고 희주를 쳐다보았다.

"아우 씨, 무섭잖아! 그거 꺼!"

희주가 신경질을 내며 유채의 휴대전화 폴더를 닫았다. 휴대전화 액

정의 빛에 비친 아이들의 얼굴이 꼭 귀신처럼 음산하다. 이 늦은 시각에 수백 년 된 고목나무와 신당 주변에 있자니 뒷목의 솜털이 바짝 선다. 부근은 조용하다. 나이 든 사람들이 주로 사는 동네라 떠들썩한 소리도 들려오지 않는다. 휘이이잉. 기가 막힌 타이밍에 한 줄기 바람이 스쳐 지나간다. 고목나무의 새까만 잎사귀가 스산하게 흔들린다. 옥신각신하며 다투던 세 사람이 일순간 동작을 멈추고 서로를 쳐다보았다.

그 순간.

야옹.

"엄마야아아아아아아!"

저 깊은 창자에서부터 끓어오르는 비명 소리가 고목나무를 가로질렀다. 세 사람은 눈을 질끈 감은 채 서로를 끌어안았다.

'천 년 묵은 고양이의 저주, 고양이의 혼령, 굿, 귀신, 저주받은 영혼…… 전부 다 미신일 뿐이야! 방금 그건 그냥 도둑 고양이었어!'

가장 겁에 질린 지은이 자신을 이성적으로 다독이며 천천히 고개를 들었다.

"……!"

귀신이다. 고목나무 건너편에.

"지은아!"

유채는 자신의 품으로 그대로 쓰러져 버린 지은을 일으켜 세웠다. 심한 충격을 받은 건지 일시적으로 넋이 나간 것 같다. 제정신이 아닌 지은의 뺨을 가볍게 때리고 있는데, 저만치에서 누군가의 목소리가 들려왔다.

"……박희주?"

세 사람을 발견한 주현우의 얼굴이 일그러졌다. 일 년 전 희주에게 비밀을 들켰던 그날처럼.

"정신이 들어?"

눈 뜬 지은의 시야에 가장 먼저 들어온 것은 눈이 튀어나온 기괴한 괴물이다.

"물러가라!"

지은은 소스라치게 놀라며 몸을 일으켰다. 그것이 살아있는 괴물이 아니라 벽화라는 사실은 삼 초 후에 깨달았다. 민망함을 수습하기도 전에 황망한 표정을 하고 있는 세 사람이 눈에 들어왔다. 희주, 유채, 그리고…….

"너, 날 보고 기절했어."

'주현우다.'

"나……난 귀신인 줄 알았어."

'주현우다.'

"고목나무 분위기가 너무 음산해서……. 또 이 부근에 괴상한 전설도 많아서……. 신당 근처잖아, 게다가."

지은은 급히 주변을 둘러본 후에야 자신이 방금 얘기했던 그 신당에 누워 있다는 사실을 깨달았다.

'어째서 이런 곳에 누워 있는 거지? 희주는 왜 저렇게 당황한 표정을 하고 있는 거지? 그에 비해 유채 얼굴은 왜 저렇게 담담할까? 현우는 왜 저렇게 화난 얼굴이지?'

머릿속에 토네이도가 휘몰아친다. 선뜻 깰 수 없는 침묵이 지은을 패닉 상태로 몰아갔다. 삼 년간 짝사랑해 온 남학생 앞에서 기절했다는 사실만으로도 지은은 이미 죽고 싶었다.

"누가 설명 좀 해 줄래?"

좀 더 시간이 필요한 지은을 제쳐 두고, 현우는 유채와 희주를 번갈아 쳐다보았다. 특히 희주를. 그의 눈빛에는 불신이 가득했다.

"혹시 날 미행한 거야?"

"그게……."

"아니면 이 시각에 이런 데 있을 리가 없잖아. 그것도 고목나무 뒤에 숨어서."

"굳이 미행한 건 아니고……."

희주가 우왕좌왕하며 신뢰에 타격받지 않고 이 상황을 이해시킬 수 있는 적당한 문장을 고르던 순간, 유채가 말짱한 얼굴로 폭탄을 던졌다.

"널 미행한 거 맞아."

희주가 입을 떡 벌린 채 유채를 쳐다보았다. 유채는 마치 이런 상황이 오리라는 것을 예측이라도 한 듯 담담해 보이기까지 했다.

"왜?"

"우린 너에게 어떤 의혹을 갖고 있어."

"무슨 의혹?"

"왜 목요일 저녁 열 시마다 집을 나가는 거야? 강준석 없이 너 혼자서만?"

이번엔 현우가 당황한 표정이 되었다. 그는 유채에 대해서는 이름과 얼굴 정도만을 알고 있었다. 평소 무심히 지나치던 아이가 갑자기 오랜 시간 널 지켜봐 왔다는 분위기를 풍기며 추궁하듯 몰아붙이자 당황할 수밖에 없었다.

"혹시……. 너희 오래전부터 날 스토킹한 거야?"

"그렇게 오래전부터는 아니야."

"그걸 지금 변명이라고……. 도대체 어떻게 된 거야? 내가 준석이랑 같이 산다는 건 또 어떻게 알았어?"

"솔직히 얘기할게. 우린 철수맨을 찾고 있어."

'얘가 진짜 어떻게 된 건 아닐까? 우리끼리 무덤까지 갖고 가기로 한 비밀을 이렇게 수류탄 꼭지 따듯 개념 없이 터뜨려 버리다니…….'

희주는 지은을 따라 기절이라도 하고 싶은 심정이었다.

"철수맨? 그게 나랑 무슨 상관이야?"

"철수맨은 우리 학교 3학년 학생이야. 우린 널 철수맨의 후보로 지목하고 뒤를 쫓고 있었어."

"도대체 그딴 황당무계한 소리를 어떻게 믿으라는 거야? 난 그딴 거 몰라! 너희 셋 다 머리가 돌아 버린 거 아니야? 난데없이 사람을 미행해서 헛소리나 늘어놓고!"

유채는 한숨을 한 번 쉬더니 그간 세 사람 사이에 있었던 비밀을 짧고 간략하게 털어놓았다. 희주가 철수맨의 정체를 파악하게 된 사건, 현우를 후보로 올리게 된 이유, 뒤를 쫓으며 느꼈던 의문과 지금에 이르기까지. 유채는 처음부터 현우에게 비밀을 털어놓을 각오를 하고 있었던 것처럼 막힘없이 이야기를 풀어 나갔다. 이야기가 끝날 무렵, 귀신 쳐다보듯 세 사람을 보던 현우의 눈빛도 상당히 침착해졌다.

"여자애들이란……. 정말 쓸데없는 거에 목숨 거는구나."

"쓸데없는 거라니? 철수맨은 우리 동네에서 이십 년 넘게 내려온 전설이라고. 고등학생 양아치들을 칠 대 일로 쓰러뜨리는 히어로가 우리 학년 애라는데 누군지 궁금하지도 않아?"

"그래도 그렇지 아무 상관도 없는 사람을 이렇게 미행하는 게 말이나 되냐?"

현우는 조그맣게 투덜거리며 희주를 흘끗 쳐다보았다. 아직까지 그녀가 자신의 비밀을 친구들에게 털어놓았는지 아닌지 확신하지 못하는 얼굴이다.

"그런데…… 넌 이 시간에 왜 이런 데 있는 거야?"

유채가 물었다. 수류탄이 현우의 손으로 넘어왔다. 그는 꼭지를 따야 할지 말아야 할지 망설였다. 희주가 자신의 이야기를 하지 않았다면 굳이 먼저 비밀을 털어놓을 이유는 없었다.

"그건 개인적인 사정이야."

"어차피 다 까발려진 거, 비밀이라고 할 수도 없을 것 같은데. 너 여기서 일하니?"

"뭐? 말도 안 돼."

"그럼 왜 이 시간에 신당 청소를 하고 있는 거야?"

유채가 현우 뒤쪽에 널브러진 걸레와 스프레이와 빗자루를 가리켰다.

"혹시 저녁마다 십 대 박수무당으로 투 잡이라도 뛰는 거야?"

"여긴 우리 어머니 신당이야."

현우가 체념한 얼굴로 시선을 돌렸다. 당돌한 유채 앞에서는 숨기려야 숨길 수가 없었다.

"어머니?"

이번엔 유채가 당황한 얼굴로 되물었다. 예상하지 못한 답변이었다.

"난 무당의 아들이야. 희주가 얘기 안 해 줬어?"

"희주 넌 알고 있었어?"

지은이 놀란 얼굴로 희주를 돌아보았다.

"응……. 어머니가 부적 얻으러 오신 적이 있거든. 그때 우연히 알게 됐어."

"비밀로 해 달라고 내가 부탁했었어."

잠시 어색한 침묵이 흘렀다. 삼 년간 학교 아이들에게 숨겨온 진실이지만, 들통 나 버리자 현우는 오히려 속이 후련해지는 것을 느꼈다. 내 얘기는 더 이상 하고 싶지 않고 내가 철수맨이 아니라는 사실도 알았으니 이제 그만 돌아가 달라고 얘기하고 싶지만, 현우의 입에선 어쩐지 그 말이 쉽게 나오지 않았다. 혼자 있을 때마다 우울하고 불편했던 공간에서 세 명의 여자아이들과 둥글게 앉아 있다는 사실이 비현실적으로 느껴졌다. 솔직히 얘기한다면 비현실적인 편안함이었다.

"이게…… 애들에게 숨겨야 할 만큼 수치스러운 사실은 아니잖아."

침묵을 깨고 지은이 입을 열었다. 목소리는 티 나지 않을 정도로 떨리고 있었다. 지은은 현우와 눈이 마주치자 심장이 콩닥콩닥 뛰기 시작했다. 이렇게 가까이에서, 이렇게 진지하게 얘기해 보는 것은 처음이었다. 늘 지은 혼자서 그려 보던 인연의 끈이 처음으로 선명해지고 있었다.

"넌 몰라. 무당 아들로 살아간다는 게 어떤 건지. 여긴 너희가 사는 아파트 단지하고는 단절된 곳이야. 치안도 안 좋고 불길한 곳으로 소문이 나 애들은 거의 오지 않아서 지금까지 그럭저럭 숨길 수 있었어. 앞으로도 가능하면 숨길 생각이야. 사람들은 엄마가 무당이라고 하면 자연스럽게 그 자식도 귀신 들린 아이로 보거든."

"넌 전혀 그렇게 보이지 않아."

현우는 어색한 표정으로 어깨를 한 번 으쓱했다. 이 여자애 이름이 지은이라는 것은 알고 있다. 평소 똑똑하고 야무진 아이라고 생각해 왔는데 이런 황당무계한 작전에 동참할 줄은 몰랐다.

"말하지 않았으니까. 아무렇지 않게 쿨하게 털어놓아도 날 보는 애들 시선은 달라질걸?"

"그럴 지도 모르지. 하지만 넌 애들이랑 얘기도 거의 안 하잖아."

"굳이 할 얘기가 없으니까."

"네가 먼저 사람을 의심하고 경계하는 건 아니고?"

지은의 목소리가 드디어 차분해졌다. 현우를 마주친 후로 부들부들 떨리는 목소리가 계속 신경 쓰여 죽을 지경이었다. 목소리와 자세가 차분해지자 아까 전에 비명을 지르며 기절했던 여자아이와 동일 인물이라곤 보이지 않았다.

'여자애들이란 참 변화무쌍하구나. 분위기가 꼭 누나 같네.'

현우는 속으로 약간 놀랐다.

"넌 그렇게 보이거든. 마음을 터놓는 친구는 강준석밖에 없잖아. 사실 넌 모든 일에 무관심해 보여."

"남자애들은 여자애들과 달라. 너흰 모든 비밀을 공유해야지만 진정한 친구 사이라고 생각하지만 남자애들은 아니라고. 그리고 난 무리지어서 요란하게 우정을 과시하는 게 옳은 것이라곤 생각하지 않아."

"네 말도 맞아. 하지만 너, 혹시 너를 하자 있는 사람이라고 생각하고 먼저 마음의 문을 닫아 버린 건 아니야?"

하자 있는 사람.

지은의 예리한 지적에 현우의 머릿속이 잠시 혼란스러워졌다.

'지은의 말이 맞는 걸까? 일찌감치 나를 하자 있는 사람이라 정의하고 그것을 주변 애들에게 들킬까 봐 나도 모르게 벽을 쌓아 왔을지도 몰라.'

현우는 자신의 숨겨진 진심을 하나씩 더듬어 보았다. 처음엔 무당의 아들이라는 손가락질을 받는 것이 무서워서 하나둘씩 쌓아 올리기 시작한 벽돌이 어느새 담이 되고 성벽이 되어 버린 것이다. 드나드는 친구는 한 명뿐인 외로운 성이지만 그래도 괜찮다고 스스로 위로했다. 이대로 고등학교에 진학하면 입시다 뭐다 해서 눈 깜짝할 사이에 삼 년이 흐른다. 그리고 성인이 되면 더 이상 어머니의 직업에 연연하는 일 없이 독립할 수 있을 것이라고……. 막연히 그렇게 생각해 왔다.

여자애들은 역시 예리하다. 막연하게, 어렴풋이 그런 게 아닐까 생각
하던 두루뭉술한 개념을 확실히 정리해서 말로 표현할 줄 안다.

"처음과 사뭇 다른 분위기네."

유채가 음흉하게 웃자 지은이 얼굴을 붉히며 고개를 숙였다. 산들바
람이 불어오는지 현관에 매달아 놓은 비즈가 찰랑찰랑 소리를 냈다.

"어머니는 준석이 부모님과 먼 곳으로 여행을 가셨어. 그 동안 내가
신당을 관리하고 있어. 관리라고 해 봤자 일주일에 한 번 와서 청소를
하고 새로 물을 떠다 놓는 것뿐이지만. 웃기지. 우리 엄만 이런 걸 안
하면 신이 노여워한다고 믿고 있어."

"난 토속신앙에 대해서는 잘 몰라. 그래도 아직까지 이런 신당과 너
희 어머니 같은 무당이 존재하는 이유는 그걸 믿는 사람이 있기 때문
이라고 생각해. 너희 어머니도 누군가에겐 반드시 필요한 존재인 거야.
너희 어머닌 그걸 믿고 지금까지 이 신당을 지켜 오신 거잖아. 그걸 우
습다고 표현하는 건 아니라고 생각해. 그리고 샤머니즘이란 우리나라
의 고대 문명서부터 전해져 내려오는 중요한 문화야. 샤머니즘이나 애
니미즘을 연구하는 학자들이 얼마나 많은데."

지은은 점점 스스로도 알 수 없는 횡설수설한 이론들을 늘어놓고
있었다. 대화를 주도해 나갈 때면 긴장한 나머지 자신도 모르게 아는
척의 구덩이에 빠져 버리고 만다.

"애니미즘? 그건 무슨 뜻이야?"

"그런 게 있어. 책에서 봤어."

지은은 우물쭈물거리며 말끝을 흐렸다. 책을 읽을 때면 이상하게 어

려운 단어만 머릿속에 남을 뿐 뜻은 따라오지 않는 것이 문제였다.

어쨌든 지은은 이렇게 늦은 시각에 현우와 대화를 나누고 있다는 사실이 믿기지 않았다. 그는 상상했던 것보단 훨씬 다정하고 수줍음도 많은 듯했다. 늘 머릿속으로 그려 왔던 차가운 미남과는 거리가 있었지만 이편이 훨씬 멋졌다. 현우는 지은이 얘기할 때마다 진지한 얼굴로 경청하고 고개를 끄덕이거나 골똘히 생각에 잠겼다. 한 시간도 되지 않아서 지은은 더 이상 한계치를 올릴 수 없을 만큼 현우가 좋아졌다. 이 애와 사귀지 않아도, 달콤한 말들을 주고받지 않아도 좋다. 그냥 이대로 앉아 있는 것만으로도 행복했다. 이상하게 울고 싶은 심정이 되었다. 감수성이 너무 풍부한 탓이다.

현우는 한 번도 여자아이들과 제대로 된 대화를 한 적이 없었다. 현우가 보기에는 누군가를 진심으로 좋아하는 여학생은 없었다. 여자애들은 단지 남자애들과 대화하면서 자신의 사랑스러움을 객관적으로 인정받고 싶어 할 뿐이다. 자신은 그 피곤한 확인 작업에 이용되고 싶지 않았다. 그러나 말도 안 되는 이유로 자신들을 미행한, 평소 전혀 친분 없던 이 여자애들은 일반적으로 생각해 오던 여자애들의 이미지와 약간 달랐다. 여자 특유의 부드러움과 친화력으로 어색한 분위기를 자연스럽게 녹이고 대화에 서툰 남자애를 대신해 이야기를 이끌어 나갈 줄 알았다. 현우는 문득 자신이 편견을 만들어 놓고 여자애들을 무시해 왔던 것인지도 모르겠다고 생각했다. 아이러니컬했다. 편견을 두려워했던 것은 누구보다 자신이었다.

"그래서 이젠 어떻게 할 건데? 다른 후보를 미행할 거야? 나처럼?"

"글쎄, 아마도."

"누군데? 다음은?"

"그걸 우리가 왜 가르쳐 줘야 되냐? 우리랑 같이 움직일 것도 아닌데."

현우는 멋쩍게 이마를 긁적였다.

"치사하네."

"우리랑 같이 움직여 볼 생각 없어?"

"뭐?"

지은과 희주가 눈을 동그랗게 뜨고 유채를 쳐다보았다. 오늘 유채는 약간 독선적으로 행동했다. 그러나 지은의 입장에선 결코 반대하고 싶지 않았다. 신당에 들어온 지 한 시간 후, 지은은 현우의 가장 큰 비밀을 들어주고 그를 격려해 주는 사이로까지 발전한 상태였다. 도대체 어쩌다 이렇게 되었는지, 그녀로선 얼떨떨하기만 할 뿐이었다.

"너도 궁금하지 않아? 철수맨의 정체가."

"고등학생들이랑 거의 십 대 일로 붙어도 거뜬히 이긴다는 얘기에 자극받긴 했어. 나도 싸움이라면 꽤 자신 있는 편이지만 그건 불가능하거든."

"같이 움직일 생각 있으면 연락 줘. 나머지 두 후보도 알려 줄게."

유채는 그 말을 끝으로 일어섰다. 적절한 퇴장 시각이다. 이 시각에 집으로 돌아가야 열람실에서 돌아오는 평소의 귀가 시간과 비슷하게 맞물릴 것이다.

"데려다 줄게. 여긴 가로등이 없어서 여자애들끼리 가긴 무서울 거야."

현우의 목소리는 여전히 퉁명스러웠다. 그러나 세 사람보다 먼저 앞서 나가 현관문을 열어 주었다.

지은은 지금 단둘이 걷고 있는 이 남자애가 주현우라는 사실을 믿을 수 없었다. 상황은 이러했다. 지은은 아파트 단지 중에서도 가장 구석진 단지에 살고 있었다. 가장 앞 단지에 사는 희주가 먼저 집에 들어갔고, 그다음 동에 사는 유채가 손을 흔들며 현우에게 지은을 부탁했다. 그렇게 해서 지은이 기사의 호위를 받는 최후의 공주님으로 남게 된 것이다. 그들은 지금 아무도 없는 음산한 놀이터를 지나 아파트 단지 계단을 오르고 있었다. 한 달, 아니 두 시간 전만 해도 이것은 상상조차 할 수 없는 일이었다. 남자애가 집 앞까지 바래다주는 것은 지은의 인생에서 단 한 번도 일어난 적 없는 대사건이었다. 그것도 오랫동안 짝사랑해 왔던 그 남자애가.

"다 왔어. 여기야."

지은이 기어들어가는 목소리로 속삭이듯 말했다.

"몇 층이야?"

"십 층."

"높네. 엘리베이터 타는 거 무섭지 않아?"

"괜찮아."

"무서우면 문 앞까지 데려다 줄게."

"정말 괜찮아."

지은은 자신의 속 안에서 끓어오르는 수십 가지 감정에 짓눌려 압사할 지경이었다. 너무 좋다. 행복하다. 조금만 더 같이 있고 싶다. 그런데 한편으론 빨리 이 자리에서 도망쳐 버리고 싶기도 했다. 지은은 어색하게 앞머리를 쓸어 올리며 최대한 현명하고 귀엽게 보일 수 있는 질문을 애써 찾았다.

"저기."

"응?"

"강준석이랑은…… 왜 그렇게까지 붙어 다니는 거야?"

"너희들 표현에 따르면 왜 2인자로 불리면서까지 강준석하고만 어울리느냐는 거지?"

지은은 자신의 표현에 문제가 있었던 것일까 싶어 당황했다. 현우의 표정은 평소처럼 덤덤했다.

"나중에 얘기하자. 오늘은 너무 늦었다. 간다."

현우는 가볍게 한쪽 손을 들고는 그대로 뒤돌아 계단을 내려갔다. 지은은 아파트 현관 비밀번호를 최대한 천천히 누르면서 유리창에 비치는 현우의 뒷모습을 바라보았다. 마지막 질문이 너무도 멍청했다고, 지은은 유리창에 가볍게 머리를 박으며 자학했다. 지은은 엘리베이터가 십 층에 도착할 때까지 심장 위에 손바닥을 올려놓았다. 내일 학교에서 현우를 만나게 되면 먼저 웃으며 아는 체를 해야겠다고 결심했다. 내일부터의 일상은 어제까지와는 전혀 다르게 흘러갈 것이다.

'그나저나 유채, 그토록 현우 얘기를 자주 하더니 정작 현우 앞에서

는 좋아한다거나 관심 있는 내색이 전혀 없었어. 역시 내가 너무 예민하게 반응했던 걸까?'

지은은 어깨를 으쓱이며 도어록 비밀번호를 눌렀다.

유채는 식탁에 책가방을 내려놓고 가스레인지 불부터 켰다. 냄비에는 먹다 만 된장찌개가 초라하게 들어 있었다. 유채는 물 반 컵을 붓고 뚜껑을 덮었다. 십오 년째 집안일을 해 왔기 때문에 웬만한 요리에는 도가 터 있었다. 아버지는 역시 아직 퇴근 전이다. 요 근래 일이 바빠져 새벽 한두 시가 되어서야 귀가하시곤 한다. 유채는 식탁에 홀로 앉아 리모컨으로 TV를 켰다. 개그 프로그램이 재방송 중이다. 밥통에서 밥을 푸고 냉장고에서 밑반찬을 꺼내다가 실소를 터뜨렸다. 지금쯤 지은이 얼마나 부들부들 떨고 있을까 생각하니 저절로 웃음이 새어 나왔다.

사람의 마음을 읽는 것은 누군가에게 배운 것이 아니라 자연스럽게 터득한 특기다. 아직도 불안해하면서 라면 끓이는 물을 재는 홀아버지 밑에서 자라난 자식이라면, 누구나 또래보다 애늙은이로 자라났을 것이다. 유채는 주변에서 일어나는 대부분의 일에 무덤덤했다. 놀라운 일이 일어나도, 기쁜 일이 일어나도, 비극적인 일이 일어나도, 감정의 파동은 길지 않다는 것을 알고 있었다. 때문에 조그마한 일에도 호들갑을 떠는 또래 친구들의 무리에 잘 적응하지 못했다. 그리고 그것을 크게 신경 쓰지 않았다. 그녀는 어려서부터 혼자 있는 것에 익숙한지라

무리지어 다녀야만 존재의 이유를 느끼는 여자애들의 심리를 이해하지 못했기 때문이다. 유채는 아무래도 거기서부터 여자애들과의 균열이 시작된 것 같다고 짐작했다.

그러나 별로 친하지 않던 여자애들이 자신의 두 명의 남자친구에게 그렇게 큰 관심을 갖고 있을 줄은 몰랐다. 여자애들의 난폭한 말투는 무덤덤한 유채를 다소 당황시켰다. 그 시절엔 단지 남자친구를 사귀는 것이 어떤 느낌일까 궁금했고, 풋사랑에게 실망한 후 다른 남자애는 다르지 않을까 하는 호기심이 있었던 것뿐이다. 남자애들은 시시했다. 만나면 게임 이야기나 하고 눈에 빤히 보이는데도 멋지게 보이려고 유치한 폼을 잡았다. 자신은 아무래도 어른이 된 후에야 시시하지 않은 사랑을 할 수 있을 것 같았다. 그래서 남자친구를 사귀는 일을 그만뒀다. 그러나 여자애들은 험담을 그만두지 않았다. 유채는 오랫동안 자신에 대한 말도 안 되는 루머들을 무시하며 지내야 했다.

크게 상처받은 것은 아니다. 아니, 어쩌면 상처받았을 수도 있다. 유채는 자신의 내면에 무덤덤했다. 어머니가 돌아가신 후로는 모든 일을 가볍게 넘기는 것이 습관이 되어 버렸다. 아마도 진실을 알게 될 수록 상처받는다는 것을 알기에 무의식적으로 외면해 버리는 것일지도 몰랐다. 그렇게 외면해 버린 상처들이 무럭무럭 자라나서 때때로 가슴을 후벼 파는 것이다. 유채는 작년에 삼 일간 학교를 결석했다. 이유 없이 몸살이 나 침대보를 흠뻑 적시며 끙끙 앓았다. 다시 학교로 돌아갔을 때 유일하게 말을 걸어 주었던 친구가 지은이었다.

"아팠어? 많이 말랐다."

"응. 몸살 났었어."

"립글로스 빌려 줄까? 입술이 창백해 보여."

"고마워."

화장실 세면대 앞에서 이루어진 짧은 대화였다. 그 주에 유채는 지은에게 영화를 보러 가자고 했고 지은은 흔쾌히 약속을 잡았다. 그 후로 두 사람은 단짝 친구다. 첫 남자친구를 사귀게 되었던 순간보다 지은이 먼저 말을 걸어 주었을 때 훨씬 더 심장이 뛰었다. 유채는 스스로를 변화시켰다. 좀 더 다정하고 좀 더 살갑게. 지은에게 좋은 친구가 되려고 노력했다. 그녀는 지은으로 인해 인간관계에는 노력이 필요하다는 사실을 깨달았다. 그래서 늘 자신도 지은에게 무언가를 해 주고 싶었다.

지은이 현우를 좋아한다는 사실은 오래전부터 알고 있었다. 다른 아이들은 눈치채지 못한 것 같지만 유채의 눈에는 빤히 보였다. 지은은 진심으로 좋아하는 남자애가 있다는 사실만으로도 너무 감격해 그 이상을 바라볼 생각이 없는 것 같았다. 지은의 사랑은 점심시간에 구령대에 앉아서 현우의 몸짓을 훔쳐보는 것이 다였다. 그녀의 성격답게 안전하고 망상 가득한 짝사랑을 하는 것이었다.

유채는 늘 묘안이 없을까 고민해 왔다. 그러다 그들 사이에 '철수맨'이 등장했다. 사실 유채는 애초부터 '철수맨의 정체'에 별 관심이 없었다. 물론 같은 학교 같은 학년이라는 사실을 알았을 때엔 꽤 호기심이 동했지만 딱 거기까지였다. 상금 쫓는 사냥꾼처럼 눈에 불을 켤 동기는 없었다.

그러다 주현우가 생각났다. 어쩌면 일이 잘될 수도 있을 것이라고 생각했다. 주현우를 철수맨의 후보로 내세운다면 일단 지은과 현우에 대한 이야기를 나눌 수 있을 것이다. 그러면서 지은의 답답하도록 소극적인 사랑 방식을 서서히 두드려 주고 싶었다. 유채는 바로 계획에 착수했다. 결과는 낙관적이다. 이제는 지은이 알아서 현우에게 말을 붙이고 매력을 표현할 수 있는 계획을 짜게 될 것이다. 유채는 단지 계기만을 마련해 주었을 뿐이다.

유채는 현우가 '철수맨 찾기'에 동참할 것임을 확신했다. 유채가 보았을 때 현우는 지은과 비슷한 면이 있었다. 그도 겁이 많았다. 모험보다는 안전을 택하는 유형이었다. 어쩌면 또래 모두가 같은 유형일지도 모른다. 모두가 이 나이를 겁 없는 나이라고 얘기하지만 실제는 다르다. 현재의 세상이 전부이기에 일상을 차지하는 소소한 일들 하나하나에 신경을 곤두세울 수밖에 없는 것이다. 모두가 고등학생이나 성인이 된 후를 쿨하게 꿈꾸는 척하지만, 실은 그것은 말뿐이고 문제의 요지는 모두 현실 안에 있다. 학교 안에, 교실 안에, 바로 곁에 있는 친구와의 보이지 않는 관계 안에.

유채는 뭉게뭉게 떠오르는 생각들을 덮어 두고 냄비 뚜껑을 열었다. 외로운 냄새가 난다. 사실 그녀는 현우에게 하고 싶은 말들이 참 많았다. 스스로 성을 쌓고 안심하는 것은 비겁한 도망일 뿐이라는 얘기를 해 주고 싶었다. 좋은 친구가 반드시 한 명일 필요는 없다는 말도 해 주고 싶었다. 그러나 지은이 알아서 해 줄 것이다. 유채는 최대한 입을 다물고 있을 생각이었다. 그렇게 하는 것이 여자아이들 간의 우정일 것이라고 어렴풋이 확신했다. 유채는 빙긋 웃었다.

무언가의 후계자

"진짜 온대?"

"온다니까. 가만있어 봐."

"온다고 너한테 얘기를 했어? 아니면 그냥 네 추측이야?"

"지은이 넌 너무 의심이 많아. 그냥 좀 기다려 봐."

미카엘은 이 동네에서 유일한 카페다. 내부가 보이지 않는 다방과 좀스러운 크기의 분식점 사이에서 유일하게 세련된 인테리어와 서양식 메뉴를 지향한다. 세 사람은 카페의 맨 구석자리에 앉아 메뉴판을 뒤적거리며 유리문을 힐끔거렸다. 시곗바늘은 다섯 시에 어정쩡하게 앉아 있다.

"왔다."

손거울을 들여다보며 끊임없이 머리카락을 매만지던 지은이 빳빳하게 굳은 얼굴을 확 들어 올렸다. 현우와 준석이 약간 불편한 얼굴로 카페 안으로 들어섰다.

"여기야."

"왜 하필이면 여기서 보자고 해? 바로 옆에 분식점도 있는데."

현우가 퉁명스러운 목소리로 불평하며 가방을 내려놓았다. 레이스와 리본으로 치장된 창가를 한 번 노려보고 핑크색 쿠션을 경계하며.

"여기가 더 예쁘잖아."

"여긴 뭐 파는데?"

"파르페랑 와플. 바나나 스플릿도 있어."

현우는 심란한 얼굴로 메뉴판을 들여다보더니 오렌지 주스 두 잔을 시켰다. 유채는 딸기 파르페와 바나나 스플릿을 시키고 얼음물을 주문했다. 메뉴 선정이 끝난 후 테이블에는 어색함이 감돌았다. 유채는 안절부절못하는 지은의 허벅지를 톡톡 두드린 후 현우와 준석을 번갈아 쳐다보았다.

"현우에게 얘기 들었어."

준석이 그의 전매특허인 티 없는 미소를 지으며 치아를 드러냈다. 백치미. 희주는 가까스로 그 단어를 삼켰다.

"걱정 마. 누구한테도 얘기하지 않을게. 현우가 몇 번이나 주의 줬거든. 아무튼 재미있을 거 같아. 도움 줄 수 있는 거면 뭐든지 도와줄게."

"너넨 진짜 샴쌍둥이처럼 같이 움직이는구나."

"앞으로 계획은 어떻게 되는 거야?"

"다음 후보를 미행할 생각이야."

"누군데?"

"너희가 생각지도 못했던 애일 거야. 후보들 중에서 가장 미스터리해."

"그러니까 누군데?"

나서기 싫어하는 둘을 대신해 유채가 비밀스러운 이름 석 자를 읊었다.

"박민혁."

"예수 박민혁?"

지은이 참지 못하고 웃음을 터뜨렸다. 그때 종업원이 바나나 스플릿과 딸기 파르페를 서빙했다. 다섯 사람은 행여 말소리가 새어 나갈까 숨을 죽였다. 종업원이 계산대로 사라진 후 희주는 스푼으로 파르페를 떠먹으며 자신이 박민혁을 후보로 내세운 이유를 다시 한 번 설명했다. 흥미진진한 얼굴의 준석에 비해 현우는 무언가를 골똘히 생각하는 듯했다.

"그러고 보니 나도 좀 이상하다고 생각했던 적이 있었어."

"박민혁이?"

"응. 네 말을 들으니까 생각났어. 작년 가을 체육대회 때 우리 반이 준결승전에서 8반이랑 붙었거든. 8반은 최약체였어. 난 당연히 살살 봐주면서 적당히 이길 생각이었는데, 예상보다 만만치 않은 거야. 특히 골키퍼 놈이 덩치만 컸지 완전 거북이었거든? 그런데도 이상하게 골이 안 터지길래 뭐가 문제인지 살펴봤어. 가만 보니까 박민혁이 문제였던 거야."

"걔도 시합에 나갔다고?"

"체육대회 때는 선수를 열한 명으로 제한하지 않고 모든 남자애들이 참가하잖아. 그쪽 반 애들은 박민혁이 당연히 번거로울 거라 생각하고 그냥 골대 근처에 서 있으라고 지시했나 봐. 그런데 그 녀석이 눈에 안 띄게 골키퍼 역할을 대신하고 있던 거야. 물론 손으로 막거나 달려가서 몸으로 막거나 하진 않았어. 내가 회심의 미소를 지으며 이건 골이다 하고 공을 찼는데, 분명 아무도 없던 공간에 박민혁이 갑자기 나타나서 공이 그 녀석 머리에 맞거나 등에 맞는 거야. 마치 그쪽으로 공이 날아올 걸 예상하기라도 한 듯이. 의도라곤 전혀 보이지 않았어. 엄청 황당했지. 선수들도 전부 최약체고 수비도 뻥뻥 뚫리는데 정작 골이 안 터지니까."

"그래서 어떻게 됐어?"

"결국 골은 못 넣었어. 승부차기까지 가서 간신히 대진표 올라가긴 했지만, 진짜 이상하다고 생각했어. 정말 그게 다 우연이었을까? 왜 공이 자기한테만 날아 오냐고, 스탠드에 누워서 아파 죽겠다고 칭얼거리는 박민혁 보면 분명 우연인 것 같긴 한데……. 이상하게 기분이 찜찜했단 말이지."

"저기, 나도 박민혁에 관해서라면 이상하다고 생각한 적이 있었어."

이번에는 준석이 입을 열었다.

"작년 초여름이었나? 이 맘 때쯤 아파트 단지에서 야시장 열잖아."

아파트 단지에서는 일 년에 두 번, 삼 일 동안 큰 야시장이 열린다.

일종의 동네 축제라 아이들 모두 야시장을 좋아했다.

"싸고 질 좋은 물건이 많다고 해서 엄마랑 장 보러 갔었거든. 엄마가 한 시간 넘게 흥정을 하는 바람에 심심해서 나 혼자 야시장을 돌아다니게 됐어. 사람들은 대부분 포장마차 주변에 몰려 있어서 야시장 끝나는 곳으로 갈수록 한산해지더라고. 조용한 곳에 있고 싶어서 야시장이 끝나는 곳까지 쭉 걸어갔어."

"언덕 위쪽에 있는 놀이터까지?"

"응. 그 놀이터에서 박민혁을 봤어. 처음엔 박민혁 혼자 있는 줄 알았는데, 자세히 보니까 몇 명이 더 있더라고. 키나 덩치가 엄청나게 큰 사람들이었어."

"학교 애들은 아니고?"

"아니야. 어른들이었어. 그날 달이 밝아서 얼굴이 또렷하게 보였거든."

"박민혁 가족들 아니야?"

"아니야. 그 사람들 모두 박민혁에게 '도련님'이라고 불렀어."

"뭐?"

네 사람이 눈을 동그랗게 뜨고 각자 빨던 스푼을 아이스크림에 꽂았다. 현우는 딸기 파르페에 스푼을 넣고 얼굴을 찌푸렸다.

"도련님이라니? 걔가 엄청 부잣집 아들이라도 된다는 거야?"

"남자들이 모두 각듯하고 반듯한 자세로 박민혁이 하는 말을 경청하고 있었어."

"무슨 말을 했는데?"

"너무 멀어서 잘 들리진 않았어. 하지만 이 말은 기억나. 그딴 거 나랑 상관없는 일이니까 가만 내버려두라고 했잖아요. 씨발, 졸라 짜증나."

준석은 또박또박 '씨발, 졸라 짜증나.'를 발음했다.

"씨발? 박민혁이 씨발이라고 했다고?"

"응. 확실해."

"야, 그런 일을 왜 나한테 얘기 안 했어? 평소에 그렇게 비실비실거리는 놈을 생각하면 파격적인 발언이잖아!"

"까먹었어."

준석은 다시 그 티 없는 미소를 짓고는 파르페를 공략했다.

"늦은 밤, 십 대 소년을 둘러싼 정체불명의 남자들, 도련님이라는 칭호, 그에 따른 신경질적인 반응⋯⋯. 따로 노는 조각들은 아닌데?"

"둘 중 하나 아닐까? 엄청난 부잣집 도련님, 아니면 조직 폭력배의 아들. 어쨌든 무언가의 후계자라는 거네."

"말도 안 돼. 둘 중에 하나라도 엄청난 집안의 자식이잖아? 학교에서 그렇게 비리비리하게 다닐 필요가 뭐 있어?"

"난 사실 그렇게 비리비리하게 다니는 것도 다 계획된 위장이 아닐까 생각해."

"어째서?"

"다들 만화책 안 봐? 난 견적이 딱 나오는데?"

지은이 스푼으로 유리그릇을 톡톡 내리치며 흥분된 어조로 말을 이었다. 같은 자리에 앉아있는 현우를 의식해 조신하게 입 다물고 싶은 마음이 굴뚝같았다. 그러나 빤한 스토리라인이 탄생할 수 있는 이 기

본 조건들에도 불구하고 감을 못 잡고 있는 얼빠진 영혼들이 답답해서 견딜 수가 없다. 지은은 그녀의 특기, 교통정리를 시작했다.

"첫째, 부잣집 자식이라면 사생아일 가능성이 커. 그렇지 않으면 도심까지 버스로 삼십 분이나 걸리는 미개척지 같은 동네에 살 리가 없으니까. 아마도 어느 재벌 총수의 첩실의 아들이겠지. 그런데 그 총수에겐 첩실이 여럿인 거야. 후계자 자리를 두고 쟁탈전이 벌어진 거지. 하지만 박민혁은 재산이니 재벌가 후계자니 하는 데엔 관심이 없어서 이런 작은 동네로 도망쳐 온 거야. 하지만 어느 사회든 편 먹기라는 게 있잖아? 박민혁의 편이 자꾸 박민혁을 찾아와서 설득하는 거야. 도련님, 돌아오십시오. 저희는 도련님만 믿고 있습니다 하면서."

"야…… 너 굉장하다. 스토리라인이 팍팍 나오네."

현우가 넋 나간 얼굴로 지은의 급조된 가설의 가능성을 인정했다.

"둘째. 조직 폭력배의 아들이라고 치자. 박민혁은 어려서부터 자신이 깡패의 아들이라는 것이 싫었어. 그러나 불행히도 박민혁은 그 조직 보스의 하나뿐인 외아들이었던 거야. 조직을 물려받아야만 하는 운명이었지. 조직 보스는 의심이 많은 성격이라 핏줄 외엔 아무도 믿지 않았거든. 박민혁은 자신의 운명을 거부했어. 그래서 어려서부터 싸움에 소질이 없는 척, 약골인 척, 턱 하고 치면 악 하고 쓰러지는 것처럼 자기 자신을 약골로 위장해 온 거야. 아버지가 자신을 포기하도록. 운명을 막고자 하는 숙명이었지."

"운명과 숙명이 뭐가 다른데?"

"그런 게 있어. 아무튼 달라."

테이블에 침묵이 만연하다. 지은의 상상은 다분히 만화적이었지만 동시에 딱히 흠잡을 구석 또한 없었다.

"야……, 너 진짜 얘기 잘 지어낸다."

현우의 아리송한 칭찬에 지은의 얼굴이 금세 홍조를 띤다. 현우의 관심이 자신을 향해 있다는 것이 황홀했다.

"둘 중 어느 게 더 신빙성 있어 보여?"

"둘 다 만화책 같지만 굳이 따지라면 난 깡패 아들 설."

"나도. 박민혁은 집안의 죄를 씻고 싶어서 정의의 사도인 철수맨을 부활시킨 거야. 집안과 정반대의 길을 걷겠다는 다짐으로."

"그럼…… 박민혁이 깡패 집안의 아들일 수도 있다는 거야?"

희주가 어두운 표정으로 반문했다.

"확답할 수는 없어. 하지만…… 박민혁에겐 확실히 숨겨진 무언가가 있어."

다섯 사람 모두 동일한 결론에 다다랐다. 그의 숨겨진 비밀이 무엇인 진 알 수 없지만, 그것이 철수맨일 가능성도 분명히 있었다. 가능성은 한층 더 커졌다.

"인원이 늘어나니까 의견도 더 많이 모이고 무언가 빨리빨리 진행되는 느낌이야. 좋아! 필이 팍팍 와!"

유채가 신이 난 얼굴로 숟가락을 휘둘렀다.

"좋아. 그럼 말 나온 김에 이번 주에 미행해 보는 거 어때?"

"오케이."

모두 긍정의 시선을 교환했다. 테이블 위의 딸기 파르페와 바나나 스플럿이 절반이나 남아 있다. 각자 스푼을 들고 녹아내리는 아이스크림을 서둘러 공략하고 있는데 천장 모서리에 걸린 TV에서 익숙한 동네 이름이 들려 왔다. 이곳에서 버스로 이십 분 거리의 동네다. 주택가 밀집 지역이라 딱히 놀 곳이 없어서 행선지로 내키는 곳은 아니다.

"희대의 탈주범 이강현이 A시의 모 오피스텔에서 4개월 이상 생활한 것으로 밝혀져 충격을 주고 있습니다. 검찰은 이번 달 3일 중국인 유학생으로 구성된 보이스 피싱 조직을 검거하기 위해 A시 B은행의 CCTV를 분석하던 중 화면에 우연히 잡힌 이강현의 모습을 확보했습니다. 탈주범 이강현의 예상 행보입니다."

"A시면 여기랑 가깝잖아? 역전으로 나갈 때 지나치는 동네잖아."
"우리 동네로 넘어올 수도 있는 건가?"
"설마. 이 조그만 촌구석에 숨을 곳이 어디에 있다고."
"저런 인간들이 몇 년 동안 잘만 돌아다니는 건 다 무관심 때문이야. 나만 해도 이강현 이름 석 자는 귀에 못이 박히도록 들었지만 어떻게 생겼는지 설명해 보라면 깜깜해. 아마 슈퍼에서 같이 계산해도 모르고 그냥 지나칠 거야."
"그러니까. 영화에서 보면 꼭 평범한 동네 사람이 얼굴 한 번 보고 바로 경찰에 신고하던데 신기해 죽겠어."
"영화니까."
화면은 흐릿한 CCTV 화면을 거쳐 선명한 수배 전단지로 넘어갔다.

아무런 특징 없는 평범한 인상이다.

"저런 얼굴이 범죄에 유리할 것 같지 않아? 딱히 설명할 특징이 없잖아. '그냥 평범하게 생겼어요. 길 가다 흔히 보는 그런 얼굴이요.' 이런 식으로 설명하면 몽타주가 제대로 나오겠어?"

"맞아. 〈살인의 추억〉의 그 대사 생각 안 나? '그냥 빤하게 생겼어요.' 사실 불량한 얼굴보다 그런 빤한 얼굴이 더 무서운 거야. 방심하게 만들잖아."

몇 년 전부터 꾸준히 신문 사회면을 오르내리는 탈주범 이강현은 살인 미수, 폭행, 강도, 사기를 비롯한 전과 18범이란 찬란한 경력을 징역 20년으로 일시 마감했다. 안양 교도소에 수감되어 있었지만 건강상의 이유로 병원으로 이송되었다가 극적으로 탈출에 성공했다. 검찰은 인력을 총동원해 고속도로와 전국의 모든 항구의 검문을 확대했지만 소재조차 파악하지 못했다. 상금은 현재 칠천만 원까지 오른 상태였다. 학교 근처의 돌담길이나 상가에서도 종종 이강현의 수배 전단지를 볼 수 있었다. 많은 수배 전단지들이 그렇듯 빛바랜 종이들은 무관심 속에서 찢겨지거나 바람에 날아가 버렸다.

뉴스는 곧 다음 소식으로 넘어갔고, 흥미를 잃은 다섯 사람은 남은 디저트를 마저 공략하기 시작했다.

"그나저나 너희 셋 다 나랑 현우가 같이 살고 있는 건 알고 있지?"

"응. 저……, 미행했던 건 미안해. 얘기 들었겠지만 현우도 철수맨 후보 중 한 사람이었어."

"알아. 하지만 그건 너희가 현우를 몰라서 하는 소리야. 현우는 이기적인 양떼 주인이거든."

"그게 무슨 뜻이야?"

"자기 울타리 안에 있는 양들은 물심양면으로 먹여 주고 보살펴 주지만, 울타리를 넘어간 양들은 다치거나 죽어도 상관 안 해. 현우는 냉정한 애야. 굳이 오래된 동네 전설을 부활시키면서까지 남을 도와줄 이유는 없어."

상당히 무서운 표현이네. 희주가 턱을 긁적거리며 현우를 힐끗 보았다.

"하지만 걱정 마. 너흰 좋아해. 여자애들과도 편하게 얘기할 수 있어서 신기했대."

"그만 가자."

현우가 당황한 듯 준석을 노려보고는 가방을 들고 먼저 일어섰다. 지은은 휴지로 테이블에 묻은 아이스크림을 닦은 후 따라 일어섰다. 여학생들은 전혀 안 어울릴 것 같은 두 사람이 어째서 가장 절친한 사이가 된 건지 어렴풋이 깨달았다. 준석에겐 약간 당황스러운 솔직함이 있고 현우에겐 균형 감각이 있다. 두 사람은 무의식적으로 서로를 보완해 오면서 상대방에게 자신이 필요하다는 사실을 내심 흐뭇해했을 것이다.

다섯 사람은 상가 앞 도보를 나란히 걸었다. 늘 걸었던 길인데도 새로운 얼굴들과 함께 하니 기분이 색달랐다. 온 몸의 신경세포는 새로운 얼굴들에게 집중하고 있지만 그 내밀한 집중력이 괜히 쑥스럽다. 괜한 자존심으로 상대방을 애써 무시하며 먼 풍경을 바라보았다. 질량감이 느껴지는 묵직한 구름이 엉켜 있다. 그 구름 위를 걷는 듯 발걸음이 경쾌하면서도 느긋했다.

다섯 명 모두 이상한 일에 말려들었다는 것을 알고 있었다. 그것은 분명 '얼떨결에 얽혀 든' 것이 아니라 '굳이 나서서 스스로 말린' 것이다. 상당히 흥미로운 사건이긴 하지만 회의와 미행에 시간을 빼앗기면서까지 진상을 밝혀내고 싶은 것인지는 확신할 수 없었다. 그러나 이제 와서 이 일에서 발을 빼고 싶은 멤버는 아무도 없다. 이 일에는 철수맨의 정체를 밝혀내는 것, 그 이상의 무언가가 있었다.

그로부터 이틀 후 이들의 사기에 불을 붙인 사건이 일어났으니, 또다시 철수맨이 다섯 명의 양아치들을 때려눕힌 사건이 발생한 것이다.

이번 장소는 학교에서 그리 멀지 않은 5층짜리 건물 옥상이었다. 분명 관리실은 있지만 관리하는 사람은 없는 그런 흔해 빠진 상가다. 방치된 공사장에 철수맨이 종종 출몰한다는 이야기를 들은 양아치 무리는 장소를 옮겨 그들의 위대한 업적을 마저 달성하기로 했다. 그들은 늦은 저녁에 상가 근처를 지나고 있던 영서중학교 1학년짜리 여학생 둘을 협박해 건물 옥상으로 데려갔다. 그리고 난간에 걸터앉는 위험천만한 행동에 스스로 감탄하며 담배를 피워 댔다. 꼬투리 잡을 구석 없는 너무도 모범적인 중학생들을 다그치기 위해서는 그들의 주관적인 감상을 이유로 삼아야 했다. 양아치들은 눈빛이 마음에 안 드네, 단정한 교복이 너무 짜증나네 하는 이유로 삼십 분가량 그들만의 훈계를 늘어놓다가 본격적으로 머리를 후려치기 시작했다. 공포에 질린 여중생들이 울음을 터뜨렸을 때, (그 중학생들의 증언에 따르면) 일순간 하늘이 어두워졌다고 한다. 흔히 '귀신이 지나가는 순간'이라고 불리는 불시의 정적이 내려앉았다. 누군가가 달빛을 등지고 난간 위에 서 있었다. 남자아이 가면을 쓴, 모두가 알고 있지만 모두가 모르고 있는 누군가가. 그 뒤에 일어난 일은 특별할 것이 없다. 철수맨은 동시에 달려드는 다섯 명의 양아치들을 가뿐히 쓰러뜨리고 가여운 희생자들과 함께 상가 1층으로 내려왔다.

감사합니다, 철수맨. 저, 호, 혹시 얼굴을 보여 주실 수 있나요?

딸꾹질 때문에 숨을 헐떡거리던 한 여중생이 순진무구한 목소리로 그렇게 묻자, 철수맨은 그들의 머리를 한 번 쓰다듬어 주고 등장했을 때와 마찬가지로 미스터리하게 사라져 버렸다. 또 한 번 전설의 한 페이지가 추가된 것이다.

바로 그다음 날, 희주는 등굣길에서 박민혁과 마주쳤다.

등굣길에 같은 학교 학생을 마주친다는 것은 희주에게 특별한 일이었다. 그녀는 보통 학생들보다 훨씬 이른 시각에 집을 나섰다. 선도부장인 이유도 있었지만 그보다는 이른 아침 등굣길에서만 느낄 수 있는 한적함이 좋았기 때문이다. 이곳은 사람들 틈으로 섞여 들기 전 희주가 홀로 고민하고 홀로 사색할 수 있는 유일한 공간이었다. 희주는 이곳에서 친구들에게도 말하지 못했던 이런저런 고민들을 손바닥에 올려놓고 보이지 않는 해답을 찾아보곤 했다.

희주가 살고 있는 아파트 단지는 조경이 잘 조성되어 있는 데다 뒤편으로 야트막한 산이 둘러싸고 있어서 사시사철 청량한 공기를 마실 수 있었다. 희주는 늘 지름길 대신 산을 끼고 멀리 돌아가는 길을 선택했다. 산과 아파트 단지를 경계 짓는 철조망 아래 자그맣게 나 있는 벽돌 길인데, 희주는 이 산책로에 은근한 주인 의식을 갖고 있었다. 그러나 그날 아침에는 누군가 먼저 그 길을 걷고 있었다. 같은 영서중학교 교복이다. 하얀색 반팔 와이셔츠에 남색 바지와 검은색 천 가방. 희주는 그 아이가 누군지 금세 알아챘다. 며칠간 비밀 조직의 동료들과 그 아이를 관찰 분석해 왔기 때문이다.

커다란 교복 와이셔츠 밖으로 빠져나온 하얀 팔, 박민혁이다.

'어째서 이 시간에 여기에 있는 거지?'

이렇게 무방비 상태의 박민혁을 관찰하는 것은 처음이다. 꼿꼿하게 허리를 세우고 걷는 박민혁의 뒷모습에서 중학생답지 않은 오라가 풍긴다. 희주는 지은이 내세웠던 '조직 폭력배 후계자' 설을 떠올렸다. 이 동네에는 분명 간간이 출몰하는 깡패들이 있다. 돈이 걸린 일이라면 무슨 짓이든 서슴지 않는 인간쓰레기들. 동네 사람들 모두 그들을 두려워하면서도 경멸했다. 희주는 이를 앙다물었다.

'설마 그 가설이 진짜일까? 그렇다면 박민혁의 집안은 공공의 적이야.'

머릿속의 혼란에 집중하다 보니 발걸음의 긴장이 풀렸다. 나뭇가지를 밟았는지 발밑에서 우지끈 하는 소리가 선명하게 들려 왔다. 그 순간 화들짝 정신을 차리고 멈춰 섰다. 돌아선 박민혁이 희주를 바라보고 있었다.

'저렇게 생동감 넘치는 박민혁의 얼굴은 처음 봐.'

희주는 약골의 흔적이라곤 전혀 찾아볼 수 없는 박민혁의 변화무쌍한 표정을 가만히 응시했다. 당혹―묘수 훑기―결정. 박민혁은 금세 평소처럼 어깨를 움츠리며 금붕어처럼 풀린 눈으로 초점을 흐렸다.

희주는 잠시 박민혁을 어떻게 대해야 할지 고민했다. 누구보다도 철수맨의 정체를 밝혀내고 싶은 희주로서는 갑작스럽게 찾아온 이 기회를 현명하게 활용해 최대한 많은 증거들을 잡아내야만 했다.

'어제 저녁에 뭘 했는지 대놓고 물어볼까? 학교에서 왜 약한 척 위장하고 다니냐고 묻는다면 아예 입을 다물어 버릴지 몰라. 어떻게 떠보는 것이 가장 효과적일까? 아, 순발력 좋은 지은이나 무대포로 밀어붙이는 유채가 있었다면 좋았을 텐데.'

희주는 우선 살갑게 말을 붙여 보기로 했다. 얼굴에 철판을 까는 것이 희주의 특기는 아니었지만, 그녀는 한 번 결심하고 나면 스스로 놀랄 정도로 용기를 낼 줄 알았다.

"여긴 나만 아는 길인 줄 알았는데. 이 길 한적하고 좋지?"

"어······."

"나 알지? 선도부장. 그래도 우리 몇 년간 거의 매일 교문에서 마주친 사이야."

"어······."

"딱히 걸릴 복장은 없는 것 같네. 원래 이렇게 일찍 등교해? 이 길은 어쩌다 찾게 됐어?"

"콜록."

"어, 너 팔이 왜 그래?"

그 순간 희주는 박민혁의 왼팔에 붕대가 감겨 있는 것을 발견했다. 팔꿈치에서부터 팔목까지가 하얀 붕대로 돌돌 말려 있다. 희주의 눈이 번뜩였다. 이것은…… 의심의 여지가 없는 백 퍼센트의 증거다!

"어제 다친 거지? 뭐하다가 다친 거야?"

박민혁은 아예 말을 하지 않기로 한 건지 입을 꾹 다문 채 그 귀찮은 기침 소리만 반복 재생했다. 산길을 따라 걷는 비밀의 산책로가 거의 끝나간다. 조바심이 들었다. 희주는 반드시 철수맨의 정체를 알아내야 할 개인적인 이유가 있었다. 만약 박민혁이 철수맨이 아니라고 해도 그가 숨기려 드는 비밀을 밝혀내야만 했다. 만약, 정말 만약 지은이 주장했던 두 번째 가설이 사실이라면…….

"씨발, 졸라 짜증나."

박민혁이 걸음을 멈추고 놀란 얼굴로 희주를 돌아보았다.

"네가 이렇게 말하는 걸 본 애가 있어. 너 욕 잘하지?"

"콜록."

"약골도 아니지?"

"콜록콜록."

"애들이 너를 지구인의 병을 사하시는 예수님이라고 놀려도 가만히 있는 이유가 뭐야?"

"콜록!"

"실은 엄청난 싸움꾼이면서."

마지막 멘트는 희주의 추측일 뿐이다. 그러나 마지막 멘트에 가장 힘을 주어 말했다. 박민혁이 가장 동요할 것 같은 문장이라고 생각했기 때문이다. 그러나 박민혁은 독하게도 눈만 부릅뜰 뿐 여전히 그 듣기 싫은 기침 소리만 연발했다. 안 되겠다. 희주는 마지막 패를 꺼내 들었다. 모 아니면 도다.

"너뿐만 아니라 너희 집안에도 비밀이 있는 거 알아."

희주의 도박은 성공했다. 기침 소리가 멈췄다. 느릅나무 잎사귀 흔들리는 소리가 침묵을 덜어 냈다. 박민혁이 등을 곧게 펴고, 이제까지의 골골거리던 신음 소리와는 전혀 다른 낮고 힘 있는 목소리로 물어 왔다.

"어떻게 알았어?"

싸한 침묵이 내려앉았다. 참새가 요란하게 울어 대며 숲을 떠난다.

"어제 저녁에 뭐 했어?"

"어떻게 알았냐고."

"누구랑 싸움질했기에 팔이 그 모양이야?"

"누구한테 들은 거야?"

"혹시 다섯 명을 상대로 싸우지 않았어?"

"무슨 헛소리야?"

"모르는 척하지 마. 그 팔, 누군가를 상대하다가 다친 거잖아!"

"그게 너랑 무슨 상관인데? 도대체 너 뭐하는 애야? 나한테 무슨 억

하심정이 있어서 이래?"

"너, 혹시 철수맨이니?"

"무슨 개소리야! 뭔 맨?"

"아니면 저거랑 상관있니?"

희주의 목소리가 날카롭게 찢어진다. 필사적인 얼굴이다. 박민혁은 엉겁결에 희주의 빳빳한 손가락이 가리키는 쪽을 쳐다보았다.

'못 받은 돈 확실히 받아 드립니다.'

누가 봐도 수상쩍어 보이는, 폭력의 냄새가 나는 문구가 적힌 현수 막이 펄럭거리고 있다.

"이…… 무슨 또라이 같은 계집애가 다 있어? 야!"

꾹 눌러왔던 호기심과 분노를 터뜨려버린 희주가, 숨을 크게 몰아쉬며 어깨를 축 늘어뜨렸다. 그리고는 길가에 아무렇게나 솟아난, 페인트 칠 된 남색 파이프 의자에 주저앉았다. 박민혁은 무슨 말을 해야 될지 모르겠다는 얼굴로 한참이나 희주 앞에서 서성거렸다. 머리를 긁적이고 발을 구르고 코를 킁킁거리면서.

"너, 도대체 어디서 무슨 이야길 들었는지 모르겠지만 함부로 말하고 다니지 마. 경고했다."

박민혁은 비장한 목소리로 희주에게 침묵을 강요하고는 서둘러 그 자리를 떠나 버렸다. 희주는 멀어지는 박민혁의 등을 바라보았다. 곧게 펴진, 약골의 굽은 등을 벗어던진 그의 진짜 등을.

희주는 아무도 없는 한적한 아침 등굣길을 좋아했다. 이곳에선 시시 때때로 집안에 들이닥치는 사채업자들의 고함 소리도, 엄마를 경기

일으키게 만드는 전화벨 소리도 들리지 않았기 때문이다. 모든 원흉은 오빠였다. 그렇게 용하다는 현우의 어머니가 만들어 준 부적도 구제불능 오빠에겐 먹히지 않았다. 오빠는 아직도 방문을 긁어 대며 가족들의 소시민적인 사상이 난세의 영웅의 비상을 가로막고 있다며 발악을 해 댔다. 다단계 사업으로 세상을 정복하겠노라는 오빠의 결의는 빚으로 되돌아왔고, 갚지 못한 사채 빚이 평화로운 가정의 요람을 빠른 속도로 좀먹어 가고 있었다.

박민혁은 정의의 사도 철수맨이거나 희주의 집안을 서서히 박살내고 있는 사채업자 깡패 집안의 아들일지도 모른다. 두 쪽 모두 가능성이 있다. 어느 쪽이든 희주는 그의 정체를 밝혀내 담판을 짓고 싶었다. 전자라면 부탁이니 날 좀 도와주고, 후자라면 너희 아버지를 설득해서 우리 집에 시간을 좀 달라고 하고 싶었다. 아무리 어린 막내라지만 기울어 가는 가정에 티끌만한 도움이라도 주고 싶었다.

그것이 희주의 동기였다. 누구에게도 밝히지 못한.

"도대체 그 비밀이란 게 뭘까?"

다섯 명은 점심시간에 음악실로 모였다. 낡은 피아노와 단상뿐이라 수업 시간 외엔 버려진 공간이다. 현우는 그라운드를 누빌 수 있는 꿀과 같은 시간을 차압당해 괴로운 얼굴이었지만, 곧 희주의 이야기에 큰 흥미를 보였다. 물론 희주는 박민혁에게 깡패 집안의 아들이냐고

에둘러 물어보았던 뒷이야기는 삭제해서 들려주었다. 아직까지는 친구들에게 집안 사정을 털어놓고 싶지 않았다. 가난한 집안 사정을 고백하는 일은 창피했다. 이번 주에 용돈을 받은 지은이 모두에게 아이스크림을 샀고, 다들 취향에 맞는 아이스크림을 빨거나 쪼개며 각자의 생각에 잠겼다.

"아무리 생각해도 지은이 얘기가 맞는 것 같아."

현우의 목소리에 지은이 들고 있던 숟가락을 놓칠 뻔했다. 지은은 바닐라 아이스크림을 다 먹고 밑에 깔린 셔벗을 긁어내고 있던 중이었다.

"좀 거친 집안의…… 아들인 것 같지 않아?"

"깡패 아들이라는 거야?"

"희주에게 경고했다고 했잖아. 일종의 협박이라고. 철수맨이 할 짓은 아니지."

"하지만 철수맨의 가면을 지키기 위해 일부러 그렇게 했을 수도 있잖아. 자기 정체를 알고 있다니까 당황했겠지."

"게다가 그 팔의 붕대를 생각해 보라고. 그 전날 양아치들과 일 대 오의 격투가 있었다잖아."

"일 대 오라. 철수맨의 정체를 알게 되면 한 번 붙어 보고 싶어. 누가 강한지."

현우가 존 웨인의 표정을 흉내 내며 나무젓가락을 잘근 씹었다. 유채는 난데없는 현우의 허세를 무시하고 박수를 짝짝 쳤다.

"내게 좋은 생각이 있어. 그 양아치들에게 끌려갔다는 중학교 1학년 애들이 우리 후배잖아. 직접 찾아가서 결투 당시 어떤 일이 있었는지 물어보는 거야. 만약 철수맨이 팔을 다쳤다고 한다면 박민혁이 백 퍼센트겠지?"

"오, 좋다. 지금 당장 갈까?"

"3학년 선배들이 우르르 몰려가서 불러내면 주위가 시끄러워질 게 뻔해. 나랑 준석이가 갔다 올게."

다들 유채의 의견에 동의했다. 준석은 1학년들 사이에서도 유명 인사인데다 몇 마디만 나누면 상대방을 홀려 버리기 때문에 이쪽에서 주도권을 쥐고 대화를 이끌어 나가기 편할 것이다.

1학년 교실은 4층에 옹기종기 모여 있다. 유채는 1학년 후배들을 볼 때마다 중학교에 유배된 초등학생들 같다고 생각했다. 한 치수 큰 교복을 입은 꼬꼬마들은 어딘가 불안하면서도 흥분된 얼굴로 무리지어 몰려다녔다. 고작 두 살 차이지만, 두 살 차이의 모든 연장자들이 그렇듯 유채 또한 그 꼬꼬마들을 볼 때마다 자신이 저 나이의 다리를 건너왔다는 것을 믿을 수가 없었다. 내년이면 벌써 고등학생이다. 학창 시절이란 건 초등학생 때부터 고등학생 때까지 줄지어 연결된 행렬 같은 것이라고 생각했다. 성인이 되기 전까진 딱히 구분 지을 수 없는, 똑같은 청소년 시절의 연속이라고. 그러나 가끔 그 행렬이 건너 온 다리를 세어 보면 문득문득 놀라게 되는 것이다. 그리고 지금 함께 건너고 있는 친구들과 이 다리에 기념비적인 무언가를 새기고 싶다는 욕심이 든다. 추억될 만한, 먼 훗날에 행렬의 끄트머리에서 뒤를 돌아보았을 때 발견할 수 있는 반짝거리는 무언가를.

"저기, 이 반에 엊그제 고등학생들에게 불려갔던 1학년이 있다고 들었거든?"

"맞아요."

"좀 불러 줄래?"

맨 뒷자리에 앉은 남학생은 유채를 힐끗 보더니 피곤하다는 얼굴로 한숨을 쉬었다. 분명 전교에서 그 애들을 보자며 구경꾼들이 몰려들어 맨 뒷자리 남학생의 어깨를 툭툭 쳤을 것이 분명했다.

"너희가 그 애들이야?"

"네."

엊그제 옹알이를 떨쳐 낸 것처럼 어려 보이는 여학생 둘이 약간 짜증 섞인 얼굴로 뒷문으로 걸어왔다. 그러나 유채 옆에 서 있는 준석의 얼굴을 보자 금세 긴장한 듯 등을 빳빳하게 세웠다.

"너희가 철수맨을 직접 봤다던데, 사실이야?"

"그건 왜 물으시는데요?"

"좀 물어볼 게 있어서 그래. 말하기 곤란하니?"

"다들 거짓말이 아니냐고 의심해서요. 사실 그것 때문에 좀 피곤해요. 저흰 진실만 얘기했는데, 다들 과장을 한다고 그러고 꾸며낸 얘기가 아니냐고 다그치니까. 말 꺼낸 걸 후회하고 있어요."

여학생들이 속상한 얼굴로 중얼거렸다. 이해가 갔다. 영웅의 존재가 만인 앞에 등장하기 전까진 박해받는 추종자들이 있기 마련이다.

"이해해. 애들이 많이 다그쳤을 것 같은데 신경 쓰지 마. 진실은 언젠가 밝혀지기 마련이니까."

준석이 예의 다정한 목소리로 후배들을 다독였다. 그 깨끗한 치아
가 흔들리는 시곗줄을 대신해 최면술을 거행했다. 여학생들은 반쯤
넋이 나간 얼굴로 이 동네에서 가장 독보적이라는 꽃미남의 얼굴을
응시했다.

"우린 믿어. 궁금한 게 몇 가지 있어서 찾아온 거지 너희 말을 의심
해서 온 게 아니야."

"그렇다면 다행이고요……."

"철수맨이 그 양아치들이랑 오 대 일로 싸웠다고 들었는데."

"네, 맞아요. 엄청났어요."

여학생들이 금세 흥분한 얼굴이 되어서 까치발을 들며 몸을 흔들었
다.

"영화에서만 보던 영웅들이랑 똑같았다니까요! 엄청나게 빨랐어요.
여기 있다가 저기로 휙 날아가고, 분명 우리 앞에 있었다가 어느 순간
저쪽에서 발차기를 날리고 있고. 그런 걸 뭐라고 부르더라?"

"압도적이었다고?"

"아, 네. 압도적이었어요."

"밀리거나 그런 건 없었어?"

"전혀요. 아!"

여학생이 무언가 생각났다는 듯 이마를 찡그렸다.

"고등학생들 중 한 명이 얍삽하게 무기를 사용했어요. 그 상가에 학
원이 있잖아요. 그 학원에서 못 쓰는 의자들을 옥상에 올려놨는데, 한
명이 그 의자를 들어다가 철수맨을 내리쳤어요."

"철수맨의 어디를?"

"팔이요."

준석과 유채는 숨을 들이쉬며 서로 눈을 마주쳤다. 팔.

"그 순간 좀 주춤한 것 같긴 했지만, 전세가 역전되거나 밀리거나 하진 않았어요. 하지만 좀 다친 것 같았어요. 그 뒤로 싸우면서 자꾸 팔을 감싸 안았거든요."

"어느 쪽 팔이었는지 기억나?"

"거기까지는 모르겠어요. 너무 순식간에 일어난 일이라."

"그래, 잘 들었어. 고마워."

"혹시 철수맨의 인상착의에 대해서 특별히 기억나는 게 있어?"

"그런 건 없어요. 아시겠지만 가면을 쓰고 있었고 옷도 평범했거든요."

준석과 유채는 여전히 최면술에 걸린 몽롱한 후배들에게 얘기해 줘서 고맙다고 대화를 마무리한 후 뒤돌아섰다. 4층 계단을 내려오자 그새를 못 참은 나머지 멤버들이 득달같이 달려들었다.

"어떻게 됐어? 뭐래?"

"맞는 거 같아."

"뭐가?"

"싸우던 도중에 팔을 다쳤다고 하더라고. 둘 다 직접 봤대."

"진짜? 그럼 백 퍼센트잖아!"

어쩐지 다들 맥 빠진 얼굴이다. 흥분은커녕 들은 것을 믿고 싶지 않은 떨떠름함에 입안이 씁쓸하다. 교통정리의 귀재인 지은도 지금은 입을 다문 채 확신을 피했다. 물론 반드시 철수맨을 밝혀내야만 하는 이유가 있었던 것은 아니다. 아주 우연한 기회에 철수맨이 같은 학교 학생이라는 사실을 알게 되었고, 호기심이 발동해 친구들과 어설픈 추리 조직을 꾸리게 된 것뿐이다. 누구도 이 일에 어떤 사명감이나 책임감을 가지고 있지 않았다. 단지 남들에게 방해받지 않는 장소에 모여 철수맨에 대한 어설픈 추리를 속닥거리다가 결국 사담에 빠져드는 그 의미 없고 널널한 시간들이 좋았다. 다들 그 시간을 좋아하고 있었다. 그리고 모두가 알고 있었다. 그 시간은 어느 한 사람이 나서서 이 모임의 성격을 새로 규정하고 그들이 보내는 시간의 윤곽을 분명히 긋는 순간 어색함 속에 서서히 사라져 버릴 시간이라는 것도. 이름도, 실체도 없는 허공에 붕 뜬 시간들은 철수맨의 그림자 아래 존재하고 있었다. 철수맨의 정체를 밝혀내는 순간 의미 없어질 시간들이기도 했다. 다들 그 사실을 인식하고 있었고, 그래서 철수맨의 정체가 거의 확실해졌다는 사실에 이유 모를 허탈함과 서운함을 느꼈다. 그러나 누구도 그 감정을 털어놓진 않았다.

"본인이 시인하기 전까진 확신할 수 없겠지만 지금으로선 가능성이 크다고 봐야지."

"잠깐만, 본인이 시인하기 전까지라니. 철수맨 본인이 정체를 인정하도록 만들자는 거야?"

지은이 불편한 얼굴로 대화에 끼어들었다. 그녀는 영웅의 신비감이 벗겨지는 일은 결코 원하지 않았다.

"그래야 확실하지 않아?"

"만약 그렇게 된다면 철수맨은 더 이상 영웅으로 활동하기 어려울 걸? 정체를 알고 있는 사람들이 다섯이나 되잖아."

"같은 학교 학생이니 확실히 신경 쓰이긴 하겠지."

"애초부터 철수맨의 정체는 우리끼리 알고 말자는 식이었잖아. 난 직접 접근하는 건 반대야."

"하지만 희주는 벌써 접근했잖아. 대놓고 물어봤다며."

그때까지 대화를 듣고만 있던 희주가 조심스레 속마음을 털어놓았다.

"난 철수맨과 직접 대화를 나누고 싶어."

모두의 시선이 희주를 향했다. 지은과 유채는 특히 당황한 얼굴이 되었다.

"그건 애초부터 금기로 정해 놓은 사항 아니야? 우리 다 동네 영웅 전설을 깨뜨리지 말자는 데엔 동의했잖아?"

"개인적인 사정이야."

"아무리 개인적인 사정이라도 그렇지, 이건 다 같이 움직이는 일이잖아."

"미안해. 하지만 철수맨이 우리 학교 학생이라는 걸 알아낸 사람은 나잖아. 만약 너희에게 말하지 않았어도 나 혼자 찾아내서 내 뜻대로 했을 거야."

"개인 사정이란 게 도대체 뭔데?"

"미안해. 그건…… 말하기 싫어."

"우리에게도 말 못할 비밀이 어디 있어?"

"미안해."

희주가 고개를 푹 숙이며 입을 다물었다. 지은이 말을 덧붙이려는 찰나 5교시 시작종이 울렸다. 어디선가 튀어나와 각자의 교실로 뛰어가는 학생들로 복도가 금세 어수선해졌다.

"수업 끝나고 미카엘에서 볼래?"

현우의 제안에 다들 고개를 끄덕였다. 모두가 이 끝내다 만 대화를 제대로 매듭지을 필요가 있다고 느꼈다. 희주만이 떨떠름한 얼굴로 대답을 피한 채 먼저 교실로 향했다.

"여자애들은 참 복잡하지 않냐?"

현우는 준석과 그들의 반으로 돌아가면서 혼잣말처럼 중얼거렸다. 준석은 현우의 중얼거림을 못 들은 건지 대꾸도 없이 다음 수업 준비물을 안 가져왔다며 서둘러 먼저 뛰어갔다. 현우는 눈앞의 교실 복도를 넓은 시야로 바라보았다. 복도는 준석처럼 미리미리 무언가를 챙기지 않은 학생들이 이리저리 뛰어다니는 통에 어수선하다. 수십 명의 아이들이 똑같은 옷을 입고 저마다 다른 목적으로 움직이고 있다. 가끔 늘 같은 건물 안에서 같은 시간표대로 움직이는 동급생들을 볼 때면 속에서 곪아 가는 비밀을 안고 사는 사람은 자신뿐인 것 같아 외로워졌다. 자신을 제외하고는 다들 티 없이 행복해 보여서.

현우는 몇 분 전 희주가 개인적인 사정이라며 비밀을 감추려 들었을 때 생각지도 못한 위로를 받았다. 어쩌면 누구에게나 숨기고 싶은 비밀이 하나씩은 있을지 모른다. 그렇게 생각하니 아주 약간 숨통이 트였다. 개인적인 사정, 비밀, 수치심……. 그런 것들을 모르는 아이들이 몇이나 될까? 현우에게도 물론 비밀이 있다. 최근까지는 죽을 때까지 누구에게도 그 비밀을 말하지 않을 것이라고 맹세했다. 그러나 얼마 전 자신의 어머니가 무당이라는 사실을 여자아이들에게 털어놓았을 때 의외로 수치심보다 해방감을 느껴서 놀랐다. 오히려 이렇게 별것 아닌 비밀을 이제껏 뭐라도 되는 양 거대하게 부풀려 왔던 스스로에게 민망함을 느꼈을 정도다.

5교시가 끝난 후 희주는 자신을 닦달하는 지은과 유채에게서 1층 중앙 현관으로 피신했다. 그리고 그곳에서 가방을 챙겨든 채 오른쪽 현관으로 걸어가는 박민혁의 뒷모습을 발견했다. 분명 조퇴하는 것이다. 불현듯 박민혁의 비밀을 알아내기 위해선 지금이 기회라는 예감이 뇌리를 스쳤다. 일상에서 틀어진 시간은 사건을 가져다준다.

당장 수업을 때려 치고 박민혁을 따라가거라, 그러면 원하는 것을 얻을 지니.

강렬한 계시가 희주의 머릿속에서 섬광처럼 번쩍였다.
'에라, 모르겠다!'
희주는 적당한 거리를 두고 박민혁의 뒤를 밟았다. 지금 박민혁을 미행하면 그의 이름표 뒷면을 보게 되리라는 확신이 희주의 가슴을 두근거리게 만들었다.

"어디까지 가는 거야, 도대체……."

희주는 숨을 헐떡이며 박민혁의 뒤를 쫓았다. 학교를 벗어난 그는 거칠 것 없이 자유롭게 움직였다. 분명 평범한 걸음인데도 뒤를 쫓기 벅차다. 마치 축지법을 써서 산을 타는 미스터리한 도사 같다. 다시는 예수 박민혁이라 부르지 않겠다고 생각하며 희주는 씩씩거렸다. 언덕을 내려와 상가를 끼고 돌자 잿빛 콘크리트 국도가 쭉 이어진 살풍경이 눈에 들어왔다. 이 어정쩡한 시간에도 쌩쌩 달리는 차들이 많다. 대형 트럭이 요란한 소리를 내며 스쳐 지나갈 때마다 몸이 움츠러든다. 대부분의 열여섯 살이 그렇듯 희주 또한 평소 자신이 어리다고 생각하지 않았다. 그러나 익숙한 동네를 한 발자국만 벗어나도 괜히 심장이 오그라들고 필요 이상으로 주변을 살피게 된다. 벼락을 일으키는 대형 트럭들의 위세에 미행을 멈추고 학교로 돌아가고 싶어졌다. 그러나 지금이 아니면 안 된다는 발신지 모를 경고가 희주의 발걸음을 재촉했다. 될 대로 되라. 희주는 연신 땀에 젖은 이마를 문지르며 발 빠르게 움직였다.

버스를 타지 않고 이렇게 멀리까지 와 본 것은 처음이다. 동네 부근인데도 낯선 세계로 말려든 것처럼 출구부터 찾게 된다. 지금까지 걸어온 울퉁불퉁한 길은 그대로 동네 입구까지 이어져 있지만, 왠지 방심하는 순간 사라져 버릴 것 같아 계속해서 뒤를 돌아보게 되었다. 큰 세상에 나오는 건 이런 기분일까. 희주는 문득 그런 생각을 했다.

'더 이상은 도저히 못 뛰겠다. 그냥 달려가서 붙잡아 세우고 다짜고 짜 네 정체가 뭐냐고 물어볼까?'

힘에 부쳐 그렇게 생각할 찰나 박민혁이 어느 상가 건물로 쑥 들어 갔다. 희주는 걸음을 멈추고 위를 올려다보았다. 커다란 현수막이 나부 끼고 있다.

'당신도 최고의 무술유단자가 될 수 있습니다. 전설의 고수가 직접 당신을 지도합니다. 종무도와 함께하십시오.'

"뭐야 저게……?"

희주가 헝클어진 머리카락을 다시 하나로 묶으며 중얼거렸다. 종무 도라니, 어디선가 들어본 것 같긴 하다. 상가에 나부끼는 현수막은 그 것 하나뿐이다. 2층과 3층에 불이 켜져 있는 것이 어렴풋이 보인다. 잠 시 머뭇거리다가 발걸음을 옮겼다. 건물은 전체적으로 음침하다. 푸른 빛이 도는 시멘트 발린 천장에 달린 형광등이 불규칙하게 껌뻑인다. 조심한다고 했는데도 계단을 오를 때마다 자박거리는 소리가 벽에 부 딪쳐 울린다. 희주는 숨을 죽이고 계단 위를 올려다보았다. 이상한 기 합 소리와 중년 남자의 고함 소리가 들려왔다.

"인정사정 봐주지 말고 달려들어! 저 녀석을 각성시키란 말이야! 핏 속에 끓는 투사의 기질을 끄집어내란 말이다! 그래, 그렇게 두들겨!"

그곳은 커다란 스튜디오 같은 실내 체육관이었다. 체육관이라고 하 기엔 바닥에 깔린 초록색 매트와 천장에 달린 샌드백, 용도를 알 수 없 는 운동기구 몇 개가 다였지만 그 공간을 지배하는 뜨거운 열기에는 분명 무도장에서나 느낄 법한 강렬함이 있었다. 그렇다. 이곳은 무도장이다. 그리고 그 무도장 한가운데서 익숙한 얼굴이 굴러다니고 있었다. 아니, 얻어맞고 있었다. 희주는 얼굴을 팔로 가린 채 흠씬 두들겨 맞고 있는 박민혁을 보고 경악했다. 그리고 자신도 모르게 소리쳤다.

"도대체 여기서 뭣들 하시는 거예요?!"

무도장을 가득 메우고 있던 고함 소리와 뜨거운 열기가 일순간에 가라앉았다. 희주는 자신에게 집중된 수십 명의 남자들의 시선을 고스란히 받아야 했다.

"누구냐, 너."

희주는 그 자리에서 얼어붙은 채 입속에서 딱딱하게 굳은 혀를 잘 근잘근 씹었다. 가끔가다 튀어나오는 능력 밖의 무모함은 희주를 궁지로 몰고 가곤 했다.

"박희주?"

바닥에서 콩벌레처럼 몸을 웅크리고 있던 박민혁이 서서히 몸을 펴더니 고개를 들었다. 그리고 문 앞에서 경악에 찬 얼굴로 자신을 내려다보고 있는 희주를 발견하고는 그보다 더 놀란 얼굴을 했다.

"아는 아이냐?"

"같은 학교 다니는 애야, 아버지."

"아버지?"

희주는 입을 쩍 벌린 채 박민혁의 아버지를 쳐다보았다. 한눈에 보아도 이 무도장의 주인임을 알 수 있는 풍채 좋은 남자가 허리춤에 두 손을 얹은 채 희주를 바라보고 있었다. 박민혁 아버지의 얼굴은 언젠가 만화책에서 보았던 삼국지의 '관우'를 떠올리게 했다. 일설에 따르면

관우의 얼굴은 대춧빛이었다고 하던데, 그의 얼굴도 보통 사람들보다 훨씬 붉었다. 다른 신체 부위와 마찬가지로 얼굴도 근육으로 만들어진 듯 팽팽하게 부풀어 올라 있다. 희주는 감히 그와 눈을 마주치지 못하고 바닥에 누워 있는 박민혁만 힐끗 훔쳐보았다.

"진짜 끈질기구나, 너."

박민혁이 진절머리 난다는 얼굴로 고개를 절레절레 저었다. 들어와라. 관우를 닮은 그 남자의 우렁찬 목소리가 도장 가득 울렸다.

'종무도'라는 것은 삼국 시대부터 내려오는 우리나라의 고대 무술로, 이제는 명맥이 거의 끊겨 수련자들을 찾아볼 수 없는 비운의 무예다. 대한민국에 남아있는 수련장은 이곳이 유일한데, 원래는 수십 년간 서울의 도심 한복판에서 수련장을 운영해 왔지만 점차 쇠하기 시작하면서 이곳 변두리까지 밀려나 버렸다. 박민혁의 집안은 일제 치하부터 종무도를 계승해 온 역사적인 가문이다. 박민혁의 증조할아버지, 할아버지 그리고 아버지까지 모두 종무도를 계승해 왔다. 한 마디로 이 가문은 종무도라는 무예의 종주 가문인 것이다. ……라고 박민혁의 아버지는 설명했다. 희주는 울긋불긋한 그 남자가 연신 따라주는 생수를 예의바르게 마시며 적당한 부분마다 고개를 끄덕였다. 그러나 실은 절반밖에 알아들을 수 없었다.

'박민혁이 대한민국 사람들 거의가 모르는, 전혀 유명하지 않은 무예

가문의 후예라고?'

그러고 보니 언젠가 길바닥에서 휘날리고 있던 광고지를 본 기억이 있다. '세계 최고의 무술 유단자가 되고 싶다면 찾아오라!' 그때는 어느 동네에나 있는 사이비 무술 학원이라고 생각했었다.

"그래, 우리 민혁이와는 어떤 관계냐?"

"아무 관계도 아니라니까, 아버지!"

"이 녀석이 한 번도 친구를 데려온 적 없어서 꽤 걱정했다. 경수 얘기를 들어보면 학교에서도 또래 녀석들과 도통 어울리지 못하는 모양이더라고."

"경수요? 설마…… 체육 박경수?"

"민혁이의 사촌 된단다. 우리 종무도 가문의 일원이기도 하지."

희주는 입에서 '미친 불곰 박경수'라는 말이 나올 뻔한 것을 가까스로 삼켰다.

"민혁이가 초대해서 온 것이 아니라면 대체 여기까진 어떻게 온 게냐?"

"그게……"

"내가 철수맨이라고 생각했대요."

"뭐라고?"

"이 계집애, 철수맨을 찾고 있더라고요. 아버지도 알죠? 그 왜 양아치들 설칠 때마다 갑자기 나타난다는 남자애 가면 쓴 영웅인가 뭔가 하는 놈 있잖아요."

"들어본 적 있다. 우리 아들을 철수맨이라고 생각했다고? 대체 왜?"

"그게······."

"민혁이에게서 특별한 무언가를 본 게지? 틀림없어! 내가 뭐라 했냐! 너에겐 타고난 무술인의 피가 흐르고 있다고 하지 않았니!"

"아, 진짜······."

박민혁이 더 이상 말도 하기 싫다는 얼굴로 흰자위를 내보였다. 아무래도 이 부자지간, 골이 꽤 깊은 모양이다. 희주는 조심스럽게 두 사람의 브레이크 고장 난 말싸움에 끼어들었다.

"그게 아니라, 실은 박민혁 팔의 상처 때문이에요."

"상처?"

"엊그제 철수맨이 팔에 상처를 입었다고 들었어요."

희주는 조그맣게 중얼거리며 박민혁의 팔에 감긴 붕대를 향해 눈짓했다. 박민혁의 아버지는 아들의 붕대 감긴 팔을 보더니 약간 미안한 얼굴로 팥죽색의 코를 긁적였다.

"그 때문이라면 네가 잘못 짚었구나. 이건 나 때문에 생긴 상처란다."

"아저씨 때문에요?"

"민혁이는 지금 나와 따로 살고 있다. 제 누나와 언덕 위의 아파트 단지에서 살고 있지. 민혁이 누나는 지금 고3인데, 우리 집은 찾아오는 유단자들이 워낙 많아 시끄럽거든. 사실 일주일 내내 저녁마다 술판이란다. 공부가 안 된다고 나가 살겠다고 하기에 월세로 자그마한 집을 얻어 줬다. 그런데 민혁이 이 녀석도 집구석이 싫다며 같이 나가 버리지 뭐냐. 그래서 종종 사람을 보내 민혁이를 설득시키곤 해."

"저기, 혹시 그 사람들이 박민혁더러 도련님이라고 부르나요?"

"넌 어떻게 그런 것까지 알고 있냐? 이거 완전 스토커 아니야?"

"웃기지 마. 이건 다른 애들한테 들은 거야."

"내가 그렇게 시킨 건 아니지만 민혁이에게 도련님이라고 부르는 녀석들이 꽤 돼지. 저 녀석도, 저 녀석도."

박민혁의 아버지는 고구마 같은 손가락을 들어 무도장 가장자리에서 쭈뼛거리며 서 있는 남자들을 가리켰다.

"제발 그렇게 부르지 말라고 하세요. 쪽팔려요! 도련님이 뭐야, 도련님이!"

"내가 시킨 게 아니라니까 그러네. 네가 이 종무도 종주 가문의 후계자이기 때문에 높여 부르는 것뿐이다."

"그딴 거 할 생각 없다니까, 진짜!"

"그딴 거라니! 다시 한 번만 이 종무도를 그런 식으로 모욕하면 아들이고 뭐고 주둥아리를 소금통에 절여 버릴 테다!"

박민혁은 미쳐 버리겠다는 듯 머리를 사방으로 흔들더니 매트 위로 벌러덩 누워 버렸다.

"아무튼, 팔의 상처에 대해서 마저 얘기하마. 며칠 전에 직접 민혁이를 설득하러 갔었다. 내가 유전적으로 좀 욱 하는 성질이 있단다. 그날도 대화 도중 잠깐 이성의 핀이 빠져나갔는데……."

"그게 대화였어요? 일방적으로 떠들어댄 거였지. 놀이터에서 시소를 쾅쾅 내리치고 미끄럼틀을 걷어차면서."

"정말 네 주둥이는 확 박제해서 벽에 걸어 버리든가 해야지, 무슨 말을 못하겠으니 원. 하여튼 잠깐 욱 하던 도중에 생긴 찰나의 사고로 저

렇게 된 거란다. 그렇다고 내가 아비라는 이유만으로 자식새끼를 틈
날 때마다 쥐어 패는 절망적인 부모는 아니니 오해 말거라."

"그럼 아까 박민혁을 때리던 사람들은……."

"아, 내 지시였단다. 난 내 아들에게 무술인의 피가 흐르고 있다고 믿
는다. 투박한 방식이긴 하지만, 한계에 치달을 때까지 압박을 가하면
혹시나 각성하지 않을까 싶어서……. 이해해 주렴. 난 단순해서 한 가
지 방식밖에 모른단다."

박민혁의 아버지가 머리를 긁적이며 헛기침을 했다. 그는 다른 아버
지와 마찬가지로 아들을 아주 많이 사랑하고 있었다. 또한 조상 대대
로 내려오던 무술인의 삶을 깊게 자랑스러워하고 있었다. 그래서 그 영
광스러운 삶을 사랑하는 아들이 이어 나가기를 바라는 것이다. 자신
이, 또 자신의 아버지, 또 그 아버지의 아버지가 그러했듯이.

"아무튼 그렇게 된 거란다. 그, 네가 찾는 철수맨과는 아무런 상관이
없어. 오해가 좀 풀렸니?"

"네……."

희주가 힘없는 목소리로 대답했다.

박민혁은 철수맨이 아니다.

해답이 나오자 서운하면서도 속이 시원하다. 사실 박민혁이 철수맨
일 것이라고 구십 퍼센트 정도 확신하면서도, 그 유명한 영웅을 이렇게
쉽게 찾아냈다는 사실에 왠지 모를 허탈감을 느꼈다. 철수맨의 정체를

밝혀내는 일이 절실했으면서도 한편으로는 그가 끝까지 베일 속에 가려진 신비의 존재로 남아있기를 바랐다. 아이러니컬한 감정이다.

"그런데…… 네가 보기에도 우리 아들이 무술을 하기에 영 글러 먹은 몸 같으냐?"

"네?"

"경수 녀석 말에 따르면 학교에서 내 아들내미 별명이 '예수'라더구나. 뭐라더라…… 온 세상의 병을 짊어지신 분이라는 뜻이라던가?"

그 별명만 들으면 웃음이 터지는 것을 어쩔 수가 없다. 희주는 입술을 깨물면서 가까스로 실소를 참았다.

"아비 눈에는 틀림없는 타고난 무술인인데 말이다. 감기란 감기는 다 걸리는 비실비실한 약골이라고 하니 믿을 수가 없어서……. 무술 단련하는 게 싫어 괜한 거짓말을 하고 다니는 건 아닐까 늘 의심하고 있었다."

순간 희주와 박민혁의 시선이 마주쳤다. 이제야 박민혁이 어째서 학교에서 골골거리며 다니는지 알 것 같다. 무술인과 거리가 먼 약골로 위장해 가문의 뒤를 잇게 하려는 아버지의 뜻을 꺾으려는 속셈이다. 박민혁은 아버지의 '우리 아들 종무도 4대 수장 만들기'라는 영광스러운 계획에 동참할 생각이 전혀 없어 보였다.

"우리 가문은 삼대 째 종무도의 종주 가문으로서 무도정신을 계승해 오고 있단다. 애비 된 마음으로 민혁이가 도장을 이끌어 주길 바라고 있지만, 녀석은 제 길이 아니라며 한사코 거부하는구나. 무술 수업도 받지 않고 우리 무술 종파 사람들과 어울리려고 들지도 않고."

"그렇다고 이렇게 정기적으로 아들내미를 협박해서 도장으로 끌어 낸 다음에 각성시킨다 뭐다 해서 두들겨 패는 게 말이 돼요? 요즘 시대에 이런 가정교육은 범죄라고요!"

"하지만 넌 별로 아파하는 것 같지도 않고……."

"아파요! 아프다고요! 그러니까 제발 좀 그만하세요! 제가 왜 관심도 없는 무술 따위에 한평생을 바쳐야 하는 건데요? 전 본격적으로 종무도 수업을 받을 생각도 없고 체대에 가고 싶은 마음도 없어요! 그냥 절 좀 내버려 두시라고요. 내 인생인데 왜 아버지 뜻대로 살아야 하는 건데요! 어우, 씨!"

"이 녀석만 보면 아주 속이 타들어가. 내 업보로 종무도의 역사가 내 대에서 끊기는구나 생각하면 자다가도 심장이 벌렁벌렁거려서 아주……."

서로에게 섭섭한 한숨이 공기 중으로 무겁게 퍼져 나간다. 학교에서 가장 약골로 소문 난 박민혁이, 실은 듣도 보도 못한 전통 무술을 계승하는 가문의 후계자라는 독특한 이력의 소유자라고 생각하자 어쩐지 흥미로워졌다. 비록 그가 철수맨이 아니라고 해도.

"그런데 넌 어디에 살지?"

"아파트 단지요."

"그럼 네가 데려다 주면 되겠구나. 그리고 민혁아, 아비의 부탁을 다시 한 번 곰곰이 생각해 보렴."

"싫어요."

"아무튼 누굴 닮았는지 고집 하나는 더럽게 세다니까."

두 사람은 비슷한 얼굴로 툴툴거리며 자리에서 일어섰다. 그 순간 박민혁의 아버지가 빛의 속도로 아들의 복부를 주먹으로 가격했다.

"아우 씨! 제발요, 아버지!"

박민혁이 비명을 지르며 매트 위에서 데굴데굴 굴렀다. 이것이 일상적인 아버지와 아들의 관계라니, 정말 독특한 집안이라고 희주는 생각했다.

"이상하단 말이야⋯⋯. 내 눈은 틀린 적이 없는데. 넌 분명히 타고난 싸움꾼이라고. 네겐 무술인의 피가 흐른단 말이다!"

박민혁의 아버지는 비실비실거리며 문으로 향하는 아들에게 볼멘소리로 중얼거렸다. 그는 끝까지 자신의 아들이 무술에 전혀 재능이 없는 허약 체질이라는 사실을 인정하고 싶지 않았다. 민혁이 전설의 무술, 종무도를 부흥시킬 역사적 사명을 띠고 태어난 아이라고 믿었다.

"조만간 조상님들께서 민혁이가 스스로 각성할 수 있도록 역사하여 주실 것이다. 암, 그렇고 말고. 믿습니다, 조상님들이시여!"

그는 우렁찬 고함소리로 훈련 재개를 알리며 수련자들을 집합시켰다.

"못 볼 꼴을 보여서 미안하다."

어쩐 일인지 민혁이 먼저 사과를 해 왔다. 희주는 한숨을 쉬면서 고개를 저었다.

"아냐. 먼저 착각하고 뒤를 밟은 내가 미안하지."

"오늘 일은 학교 애들에게 얘기하지 마. 비밀이다."

"물론."

두 사람은 한동안 아무 말 없이 왔던 길을 다시 걸었다. 여전히 살풍경한 길이지만 누군가와 함께 걷자 느낌이 전혀 다르다. 훨씬 다정하고 고즈넉한 분위기다. 이제껏 아무런 인연도 없던 아이와 함께 낯선 길을 걷고 있다고 생각하니 기분이 이상해졌다.

"실은 네 아버지 말이 맞지?"

"뭐?"

"너, 정말 타고났잖아. 예전에 네가 학교 담벼락에서 뛰어내리는 모습을 봤어. 엄청 민첩하던데. 고양이 같았어. 훈련도 안 받은 사람이 그 정도라면 타고났다고 봐야겠지?"

"……."

"넌 완벽하게 숨겼다고 생각하겠지만 실은 널 이상하다고 생각하는 애들이 몇 있어. 체육 대회 예선전 때도 비실비실거리는 척하면서 골대로 날아오는 공을 다 막아 냈다며."

"에이 씨."

"피가 끓었던 거지?"

"어찌나 거지같이 못 막는지 도저히 못 봐주겠더라고."

"학교에선 왜 그렇게 골골거리면서 다니는 거야?"

"아까 들었잖아. 네 말이 맞아. 난 운동 실력을 타고났어. 누구랑 제대로 붙어 본 적은 없지만 아마 싸움도 그럴 거야. 그런데 학교에서 설치고 다니면 체육 그 미친 불곰이 우리 아버지한테 얘기할 게 빤하다고. 그럼 아마 신이 나서 어깨춤을 추며 날 도장에 가둬 버릴 걸."

"타고났다며. 무술하는 게 싫어?"

"싫어. 재능을 타고났다고 해서 꼭 그 일을 하고 싶은 건 아니잖아."

"그럼 네가 하고 싶은 일은 뭔데?"

"아직까지는 없어. 넌 있어?"

"나도 없어."

"하긴, 우리 나이에 그런 걸 확실히 정해 놓은 애가 특별한 거지."

희주가 중얼거리며 발끝으로 보도를 톡톡 걸어찼다.

"그래도 심심하지 않아? 약골인 척하면서 매일 양호실 신세 지는 것 보단 활개치고 다니는 편이 재밌잖아."

"난 애들이랑 어울리는데 별 관심 없어."

"왜?"

"모르겠어. 그냥…… 그런 게 귀찮게 느껴져. 사내새끼들끼리 우르르 몰려다니는 것도 별로야. 그보단 누구의 관심도 받지 않고 나 혼자서 학교생활하는 게 좋아. 약골인 척하면 누구도 건드리지 않는다고. 선생님들도. 학교생활을 가장 제멋대로 할 수 있는 건 양아치가 아닌 약골이야. 자고 싶은 대로 잘 수 있고 조퇴하고 싶은 만큼 할 수 있고 듣기 싫은 수업을 째도 크게 뭐라 안 하지. 왜냐면 저런 애는 이미 출발선에서 크게 뒤처졌다고 생각하고 동정하거든. 제멋대로 하게 내버려 두는 거지. 그게 가장 속 편하니까."

"왠지 이상하게 들리네."

"사실이야. 난 그렇게 관심 밖으로 밀려나서 내 멋대로 생활하는 게 좋아."

"애늙은이구나."

애늙은이. 민혁은 희주의 말을 곱씹었다. 민혁은 늘 복작복작한 무리에서 한 발자국 멀리 떨어져 있고 싶었다. 친구라는 것에 별 가중치를 두지 않았다. 함께 움직인다는 건 타인의 사정을 신경 써야 한다는 뜻이다. 민혁은 그런 것이 귀찮았다. 아니, 어쩌면 타인이 자신에게 신경 써 주는 것을 부담스러워했을지도 모른다. 남에게 부담 주는 것은 질색이다. 초라하고 약해 빠진 일이다. 그러나 평소 알지도 못했고 알고 싶지도 않았던 낯선 여자애에게 자신의 비밀을 모른 척해 달라고 부탁해야만 하는 상황이 왔는데도 이상하게 부담스럽거나 불편하지가 않다. 여자애는 평소에도 늘 이런 식으로 같이 걸어온 것처럼 곁에서 함께 걷고 있다. 이 생경한 느낌이 싫지만은 않다.

"앞으로 어떡할 거냐?"

"뭘?"

"철수맨 찾는 거. 나는 아니라고 판명 났으니 다른 애를 미행할 거야?"

"비웃는 거야?"

"솔직히 좀 우습지 않아? 찾아서 어쩔 건데. 쓸데없는 시간 낭비잖아. 여자애들은 꼭 중요하지도 않은 사소한 일에 집착하더라."

"그거야 개인차지."

"철수맨을 꼭 찾아야 하는 이유라도 있는 거야? 아침에 보니까 아주 필사적이던데.”

민혁이 희주 대신 차도 쪽으로 걸으며 말을 붙여 왔다.

“그러고 보니 너, 아침에 왜 그 길로 등교했던 거야? 거긴 내 전용 코스인데 그 시간엔 아무도 다니지 않는다고. 아침에 누군가 먼저 걷고 있어서 좀 놀랐어.”

“아버지랑 싸우고 잠을 못 잤어. 평소보다 일찍 나왔는데 사방이 조용해서 좋더라. 좀 멀리 돌아서 걷다가 학교로 갈 생각에 모르는 길로 들어섰는데, 갑자기 모르는 애가 뛰어와서 아는 척하던데?”

“아침에 소리 질렀던 건 미안해.”

“그건 뭐였어?”

“뭐가?”

“못 받은 돈 찾아 드립니다. 그 현수막 가리키면서 막 소리 질렀잖아.”

“어쩌면 네가 깡패 집안의 아들일지도 모른다고 생각했어.”

“정말 가지가지 하는구나.”

민혁이 어이없다는 듯 웃었다. 그의 웃음소리를 듣자 어쩐지 마음이 한결 가벼워져서, 희주는 좀 더 용기를 내 보기로 했다.

“사실…… 네가 철수맨이 아니라면 깡패 집안의 아들이길 바랐어.”

“왜?”

“어느 쪽이든 부탁할 게 있거든.”

아파트 단지 입구에 거의 다다르면서 숨이 차올랐다. 몸에서 점점 기력이 빠져나가면서 현기증이 인다. 무엇이든 다 털어놓고 주저앉아 버리고 싶게 만드는 피곤함이 유혹처럼 다가왔다.

"사실 얼마 전부터 우리 집, 사채업자들에게 시달리고 있어."

그래서 자신도 모르게 불쑥 말해 버렸다. 가장 친한 친구에게도 숨겨 왔던 비밀인데 전혀 친하지도 않았던, 이상한 인연으로 얽혀 버린 남자아이에게 털어놓고 있다는 사실이 아이러니컬하지만 왠지 멈출 수가 없었다.

"다 오빠 때문이야. 우리 오빠 바보 천치거든. 심각한 수준은 아니지만 점점 사채업자들이 집에 찾아오는 횟수가 늘어나. 내가 나서서 뭐라도 하고 싶었어. 중학생의 유치한 객기인 거 알지만, 그래도 내가 할 수 있는 일이 분명히 있을 거라고 생각했어. 그러다 우연히 철수맨이 우리 학교 학생이라는 걸 알게 됐고, 철수맨의 정체를 밝혀내서 부탁하고 싶었어. 우리 가족의 일상을 엉망으로 만들어 버리는 사채업자들을 어떻게 좀 해달라고. 그리고…… 만약 네가 깡패 아들이라면, 우리 집을 찾아오는 그 사채업자들의 아들이라면, 부탁을 할 생각이었어. 제발 우리 집에 시간을 좀 달라고. 돈이란 건 내놓으라고 해서 마법처럼 금방 생겨나는 건 아니잖아. 아무튼…… 그게 내 개인적인 사정이야."

희주는 한 박자도 쉬지 않고 단숨에 비밀을 털어놓아 버렸다. 곧바로 후회가 밀려들며 불안해졌지만, 동시에 머릿속이 잡동사니를 한 보따리 덜어 낸 것처럼 가벼워졌다. 희주는 주현우가 자신의 비밀을 털어놓았을 때도 이런 감정이었을지 궁금했다. 비밀이란 혼자 끌어안는 것이 상책이라고 생각해 왔으면서도, 무의식적으로는 누군가 자신의 비밀을 알아 주고 위로해 주길 바라고 있었다. 희주는 모든 것을 털어놓고 홀가분해진 후에야 비로소 자신이 외로웠다는 사실을 깨달았다.

민혁은 희주의 좁은 보폭에 발걸음을 맞추며 이런 상황에서 할 수 있는 유일한 한마디를 중얼거렸다.

"그랬구나."

씩씩하고 깐깐한 선도부장. 민혁이 희주에 대해 알고 있던 것은 이것이 전부였다. 말 한마디 해 본 적 없는 희주가 이상스러울 정도로 편안한 이유는 아침마다 얼굴을 마주치기 때문일지도 모른다. 늘 반복되는 일상에 점처럼 박혀 있던 여자애. 그 점이 생각지도 못하게 점점 커지더니, 이제는 바로 곁에서 서로의 가장 커다란 비밀을 나누는 사이가 되어 버렸다.

'학생주임 옆에 꼭 붙어서 얄밉게 복장불량을 체크하는 여자애와 이런 대화를 나누게 될 줄이야. 신기하네. 좀 어리둥절하고.'

민혁은 생소한 기분들에 사로잡혔다. 그러나 불편한 것은 아니었다.

"나한테 그런 얘길해도 괜찮은 거야?"

"모르겠어. 그냥……. 나도 본의 아니게 네 비밀을 알아 버렸잖아."

"기브 앤 테이크인 셈이네."

"그러게."

언덕길을 다 올라오자 긴장이 풀린다. 둘은 동시에 큰 숨을 내쉬었다. 그리고 누가 먼저 권하기도 전에 커다란 바위에 걸터앉았다. 건물 사이로 불어오는 바람에 땀에 젖은 등이 서늘해졌다.

"제일 친한 친구들한테도 아직 얘기 안 했어. 네가 가장 먼저 알아

버렸네."

"그 친구들도 네가 이런 짓을 하고 있다는 거 알아?"

"철수맨?"

"응."

"사실 나 혼자 움직이는 건 아니야."

"이런 짓을 하는 애들이 너 말고 더 있단 말이야?"

"응."

희주는 문득 기시감을 느꼈다. 현우와 준석에게 비밀을 털어놓았을 때였다. 그땐 유채가 너무도 쉽게 철수맨의 이야기를 꺼내 당황했었다. 그러나 화는 나지 않았다. 현우와 준석과 함께 한 후로 일상이 더욱 즐거워졌기 때문이다. 아마 유채도 그때 어렴풋이 지금 이 순간의 감정을 느꼈을 것이다. 눈앞의 새 친구와 좀 더 많은 이야기들을 만들어 가고 싶은 그런 마음을.

"철수맨의 마지막 후보가 아직 남아있어. 궁금해?"

조심스럽게 떠보는 희주의 질문에, 민혁이 코를 실룩거렸다.

어느 조직이나 신입이 들어오게 되면 필수적인 절차를 밟아야 한다. 조직 설립의 기원, 구성원들의 소개, 앞으로 우리가 해 나가야 할 일들의 목록 낭송 등. 신입을 제외한 그 누구도 이 지루한 시간을 원하진 않지만, 이 절차 없이는 끊임없는 질문과 답변의 파도에 휩쓸릴 게 뻔

하므로 대개 잠자코 사회자의 소개말을 듣고만 있다. 사회자는 희주가 맡았고, 유채와 지은이 가끔 부연 설명을 거들었다.

새 조직원 환영 파티는 일 년에 두 번 열리는 아파트 단지 야시장의 임시 천막 아래서 돼지 족발을 사이에 두고 이루어졌다. 엄마의 손아귀에 잡혀 사는 학생들이 밤바람을 실컷 맞을 수 있는 일 년에 몇 번 없는 기회. 아파트 단지 입구에서부터 저 멀리까지 이어진 무지갯빛 천막 행렬에 가슴이 들뜨는 날이다. 천막을 장식한 철 이른 크리스마스 조명이 황금빛으로 반짝거린다. 비일상적인 열기 속에서 여섯 명의 아이들이 앉은 테이블에서만 은밀하고 비밀스러운 분위기가 감돈다. 희주의 길고 길었던 서론이 끝난 후 민혁은 아무 말 없이 눈앞의 족발 무더기를 응시했다.

"왜 하필이면 돼지 족발을 시켰어?"

"족발 싫어해?"

"아니, 그건 아닌데……. 여자애들과 처음으로 같이 먹는 음식이 족발이라는 게 좀 의외라서."

천막 구석에서 나란히 마주 보고 앉은 여섯 명의 남녀 학생들이 킬킬거리며 웃음을 터뜨렸다. 그 웃음을 터닝 포인트로, 차례를 기다리고 있던 나머지 아이들이 이런저런 질문들을 홍수처럼 쏟아 냈다. 모두가 갑작스럽게 영입된 신입 탐정을 거부감 없이 받아들였다. 희주는 현우의 반응을 가장 염려했다. 이 팀에 합류한다는 것은 현우의 비밀을 공유하게 된다는 뜻이기 때문이다. 그러나 예상 외로 현우는 새 친구의 영입과, 자신의 어머니가 무당이라는 사실이 밝혀지는 문제에 대해서 예민하게 반응하지 않았다. 세 사람에게 본의 아니게 비밀을 들 킨 이후로, 그는 자신의 콤플렉스에 대해 꽤 너그러워진 듯했다.

황금 같은 주말에 잘 알지도 못하는 아이들의 비밀 회동에 참석하 기로 한 것은 분명 자신의 결정이었지만, 민혁은 아직도 황당한 목적 아래 뭉친 이 모임에 동참한 것이 잘한 짓이었는지 확신이 서지 않았 다. 자신을 쳐다보는 아이들의 눈빛에는 흡사 동물원의 파란색 궁둥이 를 가진 원숭이를 바라보듯 신기함이 가득했다. 초반에는 약간 불쾌했 으나 곧 그럴 만도 하다고 생각했다. 자신은 오랫동안 아이들의 관심 밖에 서 있던 최약체 인간이었다. 소란스럽게 몰려다니는 것은 질색이 었다. 그 틀을 깨고 친구를 만들고 무리와 어울려 보기로 결정한 것은 일시적인 충동이 아니었다. 그는 희주와 대화하며 느꼈던 따뜻한 충만 감에 매료되었다. 그리고 좀 더 많은 사람들에게서 그런 느낌을 받고 싶었다.

"백윤주 얘기에 앞서서, 사실 너희들에게 할 말이 있어."

민혁이 또래 친구들과 어울리는 복작복작한 공기를 음미하고 있을 때 희주가 조심스럽게 말문을 열었다.

"그래. 안 그래도 우리 다 궁금해하던 차였어. 네가 철수맨을 찾는 개인적인 이유에 대해서."

유채가 대꾸했다.

"그리고 네 말에 앞서 먼저 할 얘기가 있어."

지은이 말을 받았다. 분위기로 봐서는 희주와 민혁을 제외하고 모두 가 무슨 이야기가 나올지 아는 표정들이다.

"다음 주 수요일이 개교기념일인 거 알지?"

"응. 그건 왜?"

"그날 특별한 약속 있어? 가족끼리 여행을 간다거나."

"아니, 전혀."

"다 같이 놀러가는 거 어때? 가까운 곳으로."

유채가 더 이상 못 참겠다는 듯 족발을 양념장에 묻혔다. 유채를 시작으로 모든 아이들이 젓가락을 들었다. 고기 냄새를 맡으면서 대화만 나누는 것은 못할 짓이다. 곧 우적거리는 소리가 합창을 이루었다. 이 족발이 어떤 품질의 돼지로 만들었든, 야외에서 밤바람을 맞으며 친구들과 함께 먹는 음식이란 이 세상 어느 것보다도 맛있는 법이다.

"안 될 거 없지. 민혁이 너도 같이 가자. 그날 특별한 약속 있어?"

"그런 건 없는데……. 가도 괜찮으려나?"

"상관없어. 여행은 인원이 많을수록 즐겁잖아."

준석이 어둠 속에서 더욱 반짝거리는 이를 드러내며 미소 지었다. 역시 친목을 도모할 때는 준석을 앞세우는 것이 최고다. 현우는 앞에 앉은 지은을 힐끗 보았다. 고기 한 점을 모자이크처럼 조각조각 내서 먹고 있는 게 입맛이 없어 보인다.

"족발 싫어해?"

"아니…… 배가 별로 안 고파서."

지은은 세상에서 족발을 가장 좋아했다. 족발의 그 질긴 육질과 오독오독 씹히는 감촉, 양념장과 어우러지는 짭짤한 맛을 사랑했다. 상추에 깻잎과 마늘까지 듬뿍 넣어서 쌈 싸먹고 싶은 마음이 굴뚝같았다.

그러나 좋아하는 남자애 앞에서 족발을 즐기느니, 차라리 고통스럽게 굶어 죽고 말겠다.

"많이 먹어."

현우가 지은의 그릇으로 맛있어 보이는 족발 몇 점을 담아 주었다. 지은은 사양하지 못하고 최대한 입을 오므려 족발을 삼켰다. 그늘 진 천막 아래서 보는 현우는 너무도 근사했다. 이렇게 멋진 남자애를 이 저녁시간에 독점하고 있다는 사실이 믿기지 않는다. 어른들이 기분 좋은 날에 왜 술잔을 기울이는지 알 것 같다. 지은은 축배를 들고 싶은 마음이었다. 가만히 앉아있기만 해도 심장이 두근거리는 이 즐거운 야시장 축제가 영원히 끝나지 않았으면 좋겠다.

"문제의 근원지는 우리 오빠야. 예전에 살짝 얘기했지만 우리 오빠가 대책 안 서는 인간이거든……."

파전과 국수도 바닥을 보일 무렵 희주가 미뤄 두었던 이야기를 꺼냈다. 식사는 시간을 벌어다 준다. 배가 부르기 시작하면 후식으로 이야깃거리를 찾기 마련이다. 희주가 조근조근한 목소리로 집안 사정을 털어놓기 시작하면서 발랄했던 테이블의 분위기도 진지하고 신중하게 반전되었다. 다 함께 같은 이야기에 집중했을 때만 느낄 수 있는 고요함. 터널에 빨려 들어가듯 공기의 질량감이 달라지면서 주변의 웅성거림이 차단되었다. 천막의 펄럭거림이 잦아지고 조명이 하나둘씩 꺼질 때까지 그들의 이야기는 계속되었다. 밤바람의 습기가 서서히 빠져나가면서 목덜미의 솜털이 곤두서기 시작했는데도 자리를 뜨고 싶지가 않다.

"그만 일어나야 되지 않아? 다른 테이블도 거의 파하는 분위기야."

지은이 휴대전화 액정에서 반짝거리는 시각에 놀라며 어지럽게 흩어진 그릇들을 정리했다. 그제야 아이들이 자리에서 주섬주섬 일어난다. 시간의 상대성을 실감하는 건 역시 이런 순간들이다. 언제 이렇게 됐지, 누구나 할 것 없이 그 말을 한다. 여기저기서 천막과 조명을 걷어낸다. 그 부산스러운 소리가 왠지 쓸쓸하다.

"현우야, 네 휴대전화."

현우를 향해 안테나를 곤두세우고 있던 지은이 테이블 모서리에 놓여있는 휴대전화를 현우에게 내밀었다.

"아, 고마워. 집까지 데려다 줄게."

지은은 얼굴을 붉히며 고개를 끄덕였다. 두 사람은 어느새 서로를 챙기는 것이 자연스러운 사이로 발전해 있었다.

희주는 부산스러운 가운데서 밤하늘을 올려다보며 처음 철수맨을 만났던 그 밤을 떠올렸다. 그리 오래 된 이야기가 아닌데도 그날의 기억이 가물가물하다. 다시 정확하게 떠올려 보라고 누군가 요구한다면, 희주는 이제 그때의 분위기와 철수맨의 신체적 특징을 자신 있게 대답할 수가 없었다.

'철수맨이 정말 키가 컸었나? 정말 검은색 천 가방을 매고 있었나? 내가 본 것이 정말 3학년 영어 문제집이었을까?'

기억력이란 참 허무한 것이다. 이제는 불완전한 그날의 기억에 자신이 없어지면서, 철수맨을 찾겠노라는 다짐마저 두루뭉술해져 버렸다. 희주는 카디건을 여미며 입안의 쓸쓸함을 삼켰다.

개교기념일

아이들 모두 어릴 땐 산에서 자주 놀았지만 중학교에 들어가면서부터는 거의 가지 않게 되었다. 의무적으로 산 체험을 해야 하는 숙제도 없어진 데다 십 대들에겐 산행에서만 느낄 수 있는 청량한 공기와 정신 고양의 가치가 낮기 때문이다. 때문에 누군가 계곡에서 텐트를 치고 노는 것이 어떻겠냐고 제안했을 때, 대부분의 아이들은 손사래를 치며 웃어 넘겼다. 그러나 뒤이은 제안들도 영화 관람이나 놀이동산으로 진부한 여가 활동에서 오십보백보를 벗어나지 못했다. 이상하게도 의욕 충만하게 회의를 시작할수록, 끝에 가서 승리하는 것은 모두의 시큰둥함 속에 예비번호로 뒤처졌던 첫 번째 의견이다. 첫 번째 의견은 진부하고 시작과 끝이 빤히 보이며 안전하고 보장되어 있다. 결국 최초의 의견인 계곡에서의 물놀이가 개교기념일의 스페셜 쇼로 낙점되었다.

"이쪽으로 가면 괜찮은 계곡이 있어. 큰 계곡은 아닌데 그렇게 얕진 않아. 물가 앞에 모래랑 자갈이랑 섞인 공터가 있으니까 거기에 텐트 세우면 될 거야."

"아, 강준석! 너 자꾸만 이상한 데로 빠질래?"

유채가 이상한 오솔길로 빠져들려는 준석을 잡아끌어 대열에 합류시켰다. 마음 가는 대로 걷는 준석을 챙기느라 죽을 맛이었다. 유채는 준석의 팔을 잡아끌며 현우를 찾았다. 그는 대열 앞쪽에서 지은과 나란히 서서 가위바위보를 하며 나뭇잎을 뜯는 유치찬란하다 못해 오그라드는 장난에 한창이었다.

"가지가지 한다, 저것들……."

유채가 어이없다는 듯 웃으며 준석을 잡은 팔에 힘을 주었다. 당장이라도 준석을 현우에게 내던지고 싶었지만 행복에 겨운 지은의 시간을 망치고 싶지 않았다.

"오늘따라 사람이 없네."

"평일이라 그런가? 주말에는 할아버지들 진짜 많던데."

"왜 나이를 먹으면 산이 좋아진다고 하는 걸까?"

"글쎄, 나이를 먹으면 뭔가 영적이고 조용한 걸 좋아하게 된대."

"몇 살 정도 되어야 나이 먹었다고 할 수 있지?"

"음, 서른?"

"애개! 나한테 서른 살 조금 넘은 이모가 있는데 전혀 어른 같지 않아. 매일 남자 때문에 울면서 엄마한테 전화해."

"하지만 십사 년 후잖아. 그렇게 생각하면 엄청나지 않아?"

"지금으로선 오 년 후도 상상이 안 돼."

새삼 우리가 어리구나 하는 쑥스러운 감정이 든다. 여섯 명의 아이들은 가쁜 숨을 몰아쉬며 산을 올랐다. 입을 다문다면 훨씬 가뿐하겠지만 한시라도 조용히 있을 수 없어서 온갖 이야기보따리를 풀어놓았다.

"아, 보인다!"

앞장서서 걷던 유채가 흥분된 목소리로 목적지에 도달했음을 알렸다. 푸른 수풀 너머 아담한 크기의 공터와 그 앞으로 흐르는 계곡이 보인다. 하늘이 그대로 비쳐 보일 정도로 굉장히 맑다. 야영했던 사람이 꽤 되는지 곳곳에 캠프파이어나 취사 흔적이 남아 있어서 오히려 안심이 됐다. 어울려 놀기에 위험하지 않은 곳이라는 증거다. 아이들은 각자 손을 잡아 주며 가파른 모래 언덕을 내려갔다.

지은이 먼저 자연스럽게 손을 내밀어 현우를 잡아 주었다. 현우는 여자애에게 의지하는 것이 창피했지만 지은의 손을 꼭 쥐고는 한동안 놓지 않았다. 두 사람 모두 손을 쥐고 놓는 행위에서 오가는 미묘한 떨림이 좋았다. 지은이 먼저 손을 구부려 빼내고서 여자애들에게 달려갔다. 현우는 이상한 지름길로 빠져나가려는 준석을 끌고 오면서 지은을 힐끗 훔쳐보았다. 오늘 지은은 흰색 티셔츠에 약간 달라붙는 청바지 차림이다. 뛸 때마다 찰랑찰랑 거리는 머리카락이 현우의 가슴을 설레게 했다.

'아무래도…….'

현우는 오른쪽 손바닥을 심장 위에 올려놓았다. 같이 어울리고 집까지 데려다 주는 날들이 계속되면서 지은의 눈이 얼마나 예쁜지, 웃음소리가 얼마나 귀여운지 떠올리게 되는 시간들이 잦아졌다. 손을 잡고 있을 때면 더 나아가 이마를 만져 보거나 콧등을 간질여 보고 싶다는 생각이 든다. 아무래도…… 한 번 진지하게 이야기해 보는 것이 좋겠지? 현우는 기회가 온다면 놓치지 않겠다고 조용히 다짐했다.

모래 바닥에 짐을 풀어놓은 후 남자애들은 유채의 지시에 따라 텐트를 세웠다. 다들 초등학생 때 뒤뜰 야영을 했던 경험이 있기 때문에 대략적인 조립 방법은 알고 있었다. 주황색 텐트는 오랫동안 쓰지 않아 곰팡이 냄새가 약간 났지만 그런 대로 폼을 내기엔 적당했다. 희주와 지은은 취사용 냄비와 그릇 세트, 음식 재료, 조미료 등을 늘어놓고 주방장의 고뇌를 흉내 냈다.

"그러고 보니 철수맨은 어떻게 된 거야?"

오늘은 철수맨에 대한 이야기를 한마디도 하지 않았다. 들뜬 분위기가 '의무'를 잊게 했다. 희주까지 철수맨을 잊고 있었다. 박민혁이 철수맨이 아니라고 판정이 난 후로는 어쩐지 기력이 빠져서 새로운 후보를 물색할 의욕조차 생기지 않는다. 애초부터 몇 명이 머리를 맞댄다고 쉽게 찾을 수 있는 존재가 아니었을지도 모른다.

"아직 백윤주가 남았잖아."

"백윤주는 오늘 뭐하지?"

"훈련할걸? 전국소년체육대회가 얼마 안 남았다고 들었어. 아마 이 근처일 텐데. 체육부 애들은 산에서 자주 모이잖아."

"투포환……. 팔 힘 하나는 끝내주겠다."

"왠지 백윤주는 아닐 것 같다는 생각이 들어. 그래도 철수맨인데 남자 아니겠냐?"

"왜 처음에 그 의견 있었잖아. 여자라는 성별을 숨기기 위해 일부러 남자아이 가면을 쓴 걸지도 모른다고."

"아아, 그랬었지."

대화가 멋쩍게 끊긴다. 이제는 아무래도 상관없다는 생각이 든다. 계곡까지 와서 심각한 얼굴로 철수맨의 새로운 후보를 추리고 싶진 않다. 다들 그렇게 생각했는지 철수맨에 대한 화제를 접고 눈앞에 던져진 새로운 장난감에 집중했다. 남자애들이 비닐공과 튜브를 잔뜩 갖고 왔다.

시간은 오래 걸렸지만 해치우는 데엔 삼십 분도 걸리지 않은 섞어찌개로 점심식사를 끝내고 본격적인 물놀이를 시작했다. 남자애들이 빵빵하게 불어 놓은 튜브는 물에 뜨자마자 물살에 휩쓸려 하마터면 놓칠 뻔했다. 모두 여분의 옷을 챙겨왔기 때문에 망설임 없이 물로 뛰어들었다. 여자애들은 소박한 물보라를 일으키는 정도지만 남자애들은 서로 헤드락을 걸고 바지를 잡아당기며 난리가 났다. 내리쬐는 태양에도 아랑곳하지 않는 시원한 천연 수영장 바닥은 고운 자갈과 모래가 대부분이라 발바닥이 욱신거리는 일도 없었다. 팀을 나누어 공놀이를 하고 의미 없는 말장난으로 자지러지게 웃으면서 몇 시간이 훌쩍 지나갔다.

　말장난, 물놀이, 또다시 말장난이 이어진 후 남자애들은 텐트에서 낮잠을 잤다. 물론 신사답게 여자애들에게 양보하긴 했으나 세 명은 죽어라 손사래를 치며 한사코 거절했다. 얌전 떠는 성격은 아니지만 이런 자리에서 퍼질러 잘 정도로 무신경한 영혼들도 아니다. 마른 옷으로 갈아입고 텐트 속으로 기어들어가자마자 두 다리를 쩍 벌리고 자는 남자애들의 거친 숨소리를 들으면서, 세 여학생들은 남자라는 생물의 축복받은 무신경함을 진심으로 부러워했다.

　수다를 떨면 몇 시간은 금방이다. 빛이 투영되는 옅은 구름이 존재감 없는 그림자를 드리우며 노을 속으로 녹아들었다. 진청색으로 넘쳐나던 수면이 언제 펄떡거렸냐는 듯 어두운 물빛으로 고요히 빛나자 계곡에서 전체적인 무게감이 느껴졌다. 그늘에서 비롯된 고요함은 공간의 성격마저 뒤바꿔 놓는다.

　"번개탄 모자라면 어떡하지?"

　"걱정 마. 준석이 가방에 몇 개 더 있어. 우리가 고기 구울 테니까 고구마랑 감자는 은박지로 싸. 번개탄에 구워먹는 게 제일 맛있어."

　"이 삼겹살들, 비계 너무 많은 거 같지 않아?"

　"원래 비계 많은 고기가 맛있는 거야."

　민혁이 아이스박스에 넣어 두었던 삼겹살을 꺼내 망 위에 올려놓았다. 번개탄에서 피어오른 불길이 금세 자욱한 연기를 뿌리며 고기를 익혔다. 이렇게 익히는 고기는 한눈을 팔면 금세 타 버리기 일쑤다. 민혁과 현우가 집요한 젓가락질로 고기 위치를 이리저리 옮기는 사이에 여자애들은 은박지에 동글동글하게 싼 감자와 고구마를 번개탄으로 던져 넣었다. 허기를 부추기는 냄새가 계곡에 퍼진다. 낮에 그렇게 먹었는데도 물속에서 격하게 논 탓인지 벌써 배가 고프다. 여섯 명의 아이들은 채 익지도 않은 삼겹살을 허겁지겁 입에 넣었다.

"준석인 안 먹겠대?"

"조금만 더 자고 나오겠대. 내버려 둬. 쟨 원래 잠이 많거든."

준석은 여전히 텐트 안에서 난장판이라는 단어가 어울리는 자세로 자고 있다. 바깥이 꽤 시끌시끌할 텐데도 나오지 않는 걸 보면 깊은 잠에 빠진 모양이다.

"빨리 깨워. 고기 금방 없어진다. 내려갈 때 배고프다고 칭얼대면 귀찮아."

"좀 남겨두지 뭐. 고구마랑 감자도 있잖아. 준석이 고구마 좋아해."

"예전부터 생각했는데……. 너희 혹시 이상한 관계 아니야?"

"뭐?"

현우가 정색을 하고 민혁을 노려보았다. 여자애들은 침묵으로써 민혁의 질문에 힘을 실었다. 사실 그들이 물어보고 싶은 말이기도 했다. 어째서 그렇게 준석을 감싸고도는지 알 수가 없다.

"아니, 네 동생도 아니고 생판 남인 녀석을 너무 챙겨주니까 이상해서 그래. 강준석이 애도 아니고."

"그래. 예전부터 물어보고 싶었어."

유채가 노릇하게 구워진 고기 한 점을 입에 넣었다.

"넌 꼭 강준석의 기사 같아. 굳이 왜 그러는 거야? 널 치켜세우는 건 아니지만, 넌 강준석만큼 잘생겼고 인기도 많잖아. 왜 굳이 2인자 노릇을 하는 거냐고. 체육 시간에도 네 공은 모조리 강준석한테 넘겨주면서. 너 강준석한테 개인 과외도 해 주지?"

"그래. 우정이라고 하면 할 말 없지만 좀 이상하긴 해. 여자애들이야 친구 관계에 집착하는 거 흔한 일이라지만 남자애들은 안 그러잖아. 짝지어 다니기보다 무리지어 다니지 않나?"

"까놓고 얘기해서 강준석이 약간 백치미는 있어도 모자란 애는 아니잖아. 그런데 왜 너 없인 강준석은 아무것도 못할 것처럼 구느냐 이거지."

의문의 베이스캠프에 불길이 치솟자 아이들은 속에 있던 궁금증들을 마음껏 쏟아냈다. 현우는 그들의 관찰력에 당혹스러워하며 묵묵히 고기만 뒤집었다.

"마치 약점 잡힌 사람처럼."

희주의 한마디에 현우가 젓가락질을 멈추고 고개를 들었다. 푹 눌러 쓴 캡 모자 아래의 그늘진 얼굴에 체념이 서렸다.

"에이, 다 얘기할란다."

현우가 모자를 들었다 다시 눌러 쓰며 한숨을 내쉬었다. 친구가 많아지는 것은 보는 눈이 늘어난다는 뜻이다. 이 얘기만큼은 하고 싶지 않았지만, 아이들이 이상하게 생각하는 것도 당연하다 싶다. 우선은 아이들에게 사실대로 털어놓고 비밀에서 자유로워지고 싶다. 그것부터 시작하는 것이 좋겠다. 현우는 고기를 몇 점 더 먹고 오랫동안 숨겨 두었던 비밀의 실타래를 천천히 손가락에 감았다.

"이미 얘기했지만, 우리 엄마는 오래전부터 무당이셨어. 일찍 결혼하셨는데 날 낳고 얼마 안 돼서 신내림을 받으셨어. 이혼하셨지만 난 지금도 아버지와 자주 만나. 서로 미워해서 헤어지신 건 아니니까 양육권에 집착하진 않으시거든. 오히려 엄마는 날 아버지에게 보내고 싶어 하셨어. 무당의 아들로 살아가는 건 분명 힘든 길이니까. 하지만 결국 난 신당에 남았어. 아버진 경제 사정이 여의치 않아서 날 기르는 게 힘드셨거든. 엄마가 무당이라는 건 솔직히 지금도 싫어. 학교 아이들에게 들키는 것도 무섭고……. 직업에 귀천은 없다지만 그렇게 말하는 사람들도 다들 무당이라면 편견을 갖고 있잖아."

난 없어. 지은이 들릴락 말락 하는 목소리로 중얼거렸다.

"우리 엄마는 굉장히 엄하셔. 날 멀찍이 떨어뜨려 놓고 기르셨지. 장난감 같은 걸 던져 놓고 알아서 놀라는 식이었어. 나는 유치원에 들어가기 전까진 늘 혼자 놀았어. 준석인 유치원 때부터 친구야. 난 어릴 때 지금보다 더 숫기 없고 음침한 성격이었는데, 준석이만 유일하게 내게 말을 걸어 주고 같이 놀아 줬어. 나도 남자니까 대놓고 감격하진 않았지만 속으론 깊이 고마워하고 있어."

무슨 기분인지 알 것 같아. 유채가 혼잣말을 하며 고개를 끄덕였다.

"준석인 우리 엄마 신당에 자주 놀러 왔어. 그때야 어릴 때니 그곳이 뭐하는 곳인지도 제대로 몰랐지. 나도 몰랐어. 난 그냥 우리 엄마가 다른 엄마들과 달리 늘 요란한 옷을 입고 이상한 말을 중얼거리거나 소리 지르는 게 싫었어. 우린 신당 구석이나 그 앞 고목나무 주변에서 자주 놀았어. 그러다가…… 초등학교 2학년 때였나, 준석이 큰 열병을 앓게 됐어. 아무 이유도 없이."

현우가 목이 타는 듯 물을 한 모금 마셨다.

"너흰 못 봐서 모르겠지만, 그때 준석인 정말 오늘내일할 정도로 앓았어. 학교에 못 나오는 건 물론이고 관을 알아봐야 하는 것 아니냐는 얘기까지 나올 정도였어. 먹는 것은 다 토하고 한 시간은 덥다고 하다가 한 시간은 춥다고 하다가, 나중엔 죽은 듯이 잠만 잤어. 입술이 새파랗게 질리고 다 찢어져서……."

"무슨 병이었는데?"

"아무 병도 아니었어. 준석이 어머님이 서울에서 유명하다는 의사까지 왕진 오게 했지만 병명조차 알아낼 수 없었어. 그때 누가 우리 엄마에게 굿을 부탁해 보자고 했대. 어쩌면 귀신이 들린 것일 수도 있으니까."

현우는 그 말을 하면서 모두의 시선을 피했다.

"엄마는 사흘 밤을 새면서 준석일 위해 굿을 했어. 준석인 일주일 후에 씻은 듯이 나았고. 준석의 부모님은 다행히 토속신앙에 큰 믿음을 갖고 계셨어. 준석이네 가족은 조상에게 꼬박꼬박 제사를 지내는데, 그해 바쁜 일이 있어서 지내지 못했대. 준석이 어머니는 그게 원인일 거라고 생각하셨어. 어쨌든 우리 엄마에게 굉장히 고마워하셨고, 그 후로 친하게 지내셔. 지금 나와 준석이가 같이 사는 건 우리 엄마와 준석이네 부모님이 함께 여행을 가셨기 때문이야. 어머니는 먼 지방으로 굿을 하러 떠나셨는데, 준석이의 부모님은 그 가까운 곳으로 긴 휴가를 떠나셨어. 아마 같이 돌아오실 거야. 준석이 부모님은 우리 엄마를 굉장한 사람으로 생각해. 무당이라는 건 신과 인간을 연결하는 중간계의 사람이기 때문에, 반은 신성하다고 생각하셔. 덕분에 난 준석이와 계속 친구로 남을 수 있었어."

"진짜 준석이 조상귀신이 붙은 거였대?"

"엄밀히 말하면 특정 귀신이 쓰인 것은 아니었어. 엄마 말로는 단순한 귀신의 장난이었대. 이유 없이 열병을 옮기며 다니는 역귀라고 하셨어. 사실 준석인 그 후로 약간…… 알지? 절대 모자란 건 아니야. 하지만 평범한 또래라고 하기엔 무언가가 약간 부족해. 그 전에도 상냥한 성격이었지만, 열병을 앓고 난 후엔 심하다 싶을 정도로 너무 착하고 의심이란 걸 몰라. 가끔은 멍청하다고 생각될 정도로. 엄마는 준석이가 타고나길 눈이 맑은 사람으로 태어났대. 보통 사람의 눈엔 전생의 업이 씌어 있는데, 준석이는 그게 없대. 그래서 가장 행복한 쪽으로 생각하고 세상의 좋은 면만 보는 거래. 우리식으로 얘기하자면 무신경하고 바보 같은 거겠지."

"어쩐지. 가끔 강준석을 보면 내가 죄짓고 사는 것 같다니까?"

"나도."

"난…… 사실 그게 나 때문이라고 생각해. 지금도."

"왜?"

"우리 집은 양가 대대로 신내림을 받은 사람이 없었어. 우리 엄마가 처음이야. 그래서…… 우리 엄마는 굉장히 걱정하셨어. 혹시 아들인 내게도 신내림이 찾아올까 봐."

"설마! 요즘 대대로 무당인 경우는 별로 없잖아?"

"나한텐 전혀 그런 기운이 없어. 엄마도 걱정하지 않으셔. 엄마가 모시는 귀신도 내게 대를 이을 일은 없다고 했대."

"진짜 귀신이 있는 걸까?"

희주가 겁먹은 목소리로 중얼거렸다.

"요는 이거야. 난 내게 붙어 있던 귀신이 준석에게 옮겨갔다고 생각했어."

"설마!"

"하지만 준석인 그 전까지 그런 병을 앓은 적이 없어. 딱히 몸이 약하지도 않았고. 무당의 아들인 내가, 이상한 것들이 잔뜩 돌아다니는 신당에서 살아온 내가 그걸 옮긴 거야. 내가 준석이와 친하게 지냈기 때문에."

현우는 어렸을 때 겪었던 공포와 자괴감이 떠올랐는지 괴로운 표정을 지으며 무릎 사이로 고개를 묻었다. 타닥타닥, 불이 타오르는 소리만 가득할 뿐 사방이 조용하다. 아이들은 잠시 아무 말도 하지 않았다. 현우가 어째서 타인과 쉽게 어울리려 하지 않는지 알 것 같았다. 두려웠을 것이다. 열병을 앓는 또 다른 사람이 나타날까 봐. 자신이 책임져야만 할 것 같은 주변 사람이 더 생길까 봐. 스스로의 존재를 부정하고 싶어지는 그런 일이 또 일어날까 봐. 지은은 망 위의 고기를 더 이상 타지 않도록 가장자리로 밀어냈다. 그리고 전혀 의식하지 않고 현우의 손등 위로 자신의 손을 덮었다.

"넌 편견이 무섭다고 하면서 누구보다 너 스스로가 편견을 갖고 있잖아?"

"……."

"다 편견이고 네 어두운 상상이야. 넌 준석의 열병에 아무런 잘못이 없어. 설령 있다고 해도 그건 네가 어떻게 할 수 있는 일이 아니었어. 세상 일이 다 의지대로 흘러간다면 힘든 일이나 슬픈 일은 왜 생기겠어. 그걸 극복하고 일어서는 게 성숙해지는 거라고…… 난 생각해."

타닥타닥, 번개탄의 불꽃이 점점 사그라진다. 민혁은 이런 분위기에 적응이 되지 않는지 엉덩이를 털고 일어나 준석의 가방에서 새 번개탄을 꺼내 불을 붙였다. 다시 불길이 타오르기 시작한다.

"이런 얘긴 쑥스러워서 하지 않으려고 했는데……. 너희에게 고마워."

현우가 죄지은 사람처럼 고개를 푹 숙였다. 웅얼거리는 목소리는 거의 들리지 않지만 모두들 그 뜻만은 확실히 이해할 수 있었다.

"책임을 나눠 가진 기분이랄까? 너희와 어울리게 된 후 마음이 많이 가벼워졌어."

"아, 이런 간지러운 분위기는 정말 질색이야."

민혁이 볼멘소리를 하며 노릇하게 구워진 감자와 고구마를 젓가락으로 꺼냈다. 분위기를 반전시키는 가벼운 웃음소리가 공기 중으로 퍼져 나간다.

"이런 얘긴 죽어도 하지 않으려고 했는데, 하고 나니까 오히려 맘이 가볍네."

현우가 숨을 크게 내쉬며 뜨거운 은박지를 벗겼다. 감자 특유의 고소한 냄새가 침샘을 자극한다. 그 때 텐트에서 부스스한 목소리가 들려왔다.

"현우야."

준석이 몽롱한 얼굴로 동그랗게 둘러앉은 아이들을 바라보고 있다.

"빨리 뛰어와! 고기 다 없어진다!"

희주가 교관처럼 엄한 목소리를 내지르자 준석이 금세 슬리퍼를 신고 뛰어온다. 뒤늦게 다 같이 모인 여섯 명의 아이들은 남은 고기와 감자, 고구마를 깡그리 먹어 치웠다. 배를 두드리며 뒷정리를 할 때엔 이미 노을도 다 진 어둑어둑한 저녁이 되어 있었다. 나뭇가지마다 어둠이 켜켜이 쌓여 있다. 누가 먼저랄 것도 없이 텐트를 분해하고 냄비와 그릇을 챙기기 시작했다.

'벌써 시간이 이렇게 됐네. 아직 별말도 못 꺼냈는데.'

이제 집으로 돌아간다고 생각하자 초조해진 현우가 원망스러운 눈길로 여자애들 무리를 바라보았다. 도대체 왜 저렇게 몰려다니는 걸까. 현우는 지금만큼 여자애들의 몰려다니는 습성이 싫었던 적이 없었다.

"저기, 사람 아니야?"

햇빛에 말린 옷을 가방에 넣고 신발에서 모래를 빼내고 있는데, 희주가 손짓으로 어딘가를 가리켰다. 민혁이 무심한 얼굴로 뒤를 돌아보았다. 멀지 않은 곳에 솟아오른 바위 위에 누군가가 앉아 있었다.

"낚시하러 왔나 보지. 여기 밤낚시하러 오는 어른들 많아."

아무렇지 않게 중얼거렸지만 이상하게 목뒤의 솜털이 곤두선다. 그렇게 얘기하자마자 남자가 낚시꾼이 아니라는 사실을 깨달았다. 그의 주변엔 어떠한 장비도 없었다. 가느다란 낚싯대마저.

"왠지 분위기 이상해."

희주가 중얼거리며 마른 슬리퍼를 비닐에 넣었다. 그러면서 다시 남자의 얼굴을 힐끗 쳐다보았다. 수면에 반사되는 달빛에 남자의 얼굴 윤곽이 드러났다.

'이상하다, 왜 이렇게 이상하지? 독특한 생김새는 아닌데.'

희주의 시선을 따라 남자를 쳐다보던 유채가 딱딱하게 굳은 얼굴로 희주의 어깨를 톡톡 쳤다.

"저 남자 어디선가 본 것 같지 않아?"

"그치? 나도 그 생각했어. 이상한 분위기야. 왜, 이상한 사람들은 가만히 있어도 이상한 분위기를 풍기잖아."

"분명히 어디선가 봤어."

"동네 사람인가?"

"아니야."

가까이 다가온 준석이 그 남자를 물끄러미 쳐다보더니 확신한다는 얼굴로 고개를 끄덕였다.

"우리 예전에 카페에서 TV로 다 같이 봤잖아."

무신경에겐 모두가 외면하고 싶어 하는 진실을 터뜨려 버리는 잔혹성이 있다.

"그 탈주범. 맞지?"

한밤의 격투

그들은 이제껏 한 번도 범죄자를 본 적이 없었다. 물론 동네 순찰차에 강제로 실려 가는 음주 운전자나 취객을 본 적은 있었지만 진짜 범죄자는 처음이었다. 살인 미수, 폭행, 강도, 사기 등을 저지른 전과 18범. 20년 형을 받고 감옥에 수감되었다가 극적으로 탈출한 희대의 탈주범. 뉴스 헤드라인이 아니면 등장하지 않는 거물.

그는 분명 이강현이었다.

"자연스럽게 행동해……."

희주가 전혀 자연스럽지 않은 목소리로 속삭였다. 완전히 얼어붙은 지은이 가장 걱정이었다. 지은의 뻣뻣한 행동거지와 새파랗게 질린 얼굴을 탈주범이 보면, 분명 자신의 정체가 탄로 났다는 것을 눈치챌 것이다. 그렇게 되면 중학생밖에 되지 않은 그들을 상대로 무슨 짓을 할지 몰랐다. 전과 18범. 희주는 그 유명한 수식어를 곱씹었다. 그리고 제발, 제발 지은이 비명을 지르지 않기를 바랐다. 지은은 너무 겁이 많았다. 현우의 뒤를 밟을 때 조심스러웠던 미행을 삼류 추리극으로 전락시켜 버린 당사자도 지은이었다.

"저 사람 죄목 중에 살인 미수가 있다는 거 알아⋯⋯?"

지은의 목소리가 코너에 몰린 쥐가 찍찍거리는 소리 같다. 버너 세트를 정리하는 손이 달달 떨리는 바람에 양철이 서로 부딪치며 달그락거린다. 희주는 지은의 손을 잡으며 달래듯 대꾸했다.

"알아. 그러니까 조용히 빠져나가면 돼."

"이쪽을 보고 있어?"

"모르겠어. 저쪽으로 시선 주지 마."

"진짜 이대로 여길 뜰 생각이야?"

이게 무슨 개소리인가. 유채가 경악한 얼굴로 소리 난 쪽을 돌아보았다. 민혁이 이 상황에 전혀 어울리지 않는 도전적인 눈빛을 하고 있었다.

"무슨 소리야?"

"대한민국 모든 경찰이 저 사람을 찾고 있잖아."

"그걸 누가 몰라?"

"그 사람을 우리가 발견했고."

"발견한 게 아니야. 운 나쁘게 걸려든 거지! 최악으로 치닫기 전에 여길 떠야 한다고!"

"우리가⋯⋯ 어떻게 할 수 있지 않을까?"

이런 미친! 유채가 자신도 모르게 비명을 지를 뻔했다. 그러다 곧 현우와 민혁이 비슷한 표정을 하고 있는 이유를 깨달았다. 평범한 남자애. 세상 무서울 것 없는 열여섯. 둘 다 제 주먹에 자신이 있고, 놀랄 만한 모험을 겪어 보고 싶어 하며, 싸움 좀 하는 남자애들 특유의 허세가 있다. 그들은 자기들 힘으로 저 탈주범을 잡을 수 있다고 생각하는 것이다.

"제발. 저 사람은 전과 18범이야! 너네 따위한테 당할 거 같아?"

현우가 약간 자존심 상한 얼굴로 중얼거렸다.

"하지만 우리는 여섯이잖아."

우리는 여섯이잖아? 유채는 이제 정말로 비명을 지르고 싶어졌다. 남자애들은 진심이었다. 일이 잘만 풀린다면 희대의 탈주범을 검거하는 엄청난 업적을 세울 수도 있을 것이라고 믿고 있었다. 먼발치에서 보아도 그에게는 범죄자 특유의 그늘진 카리스마가 가득했다. 체포, 수감, 도피 같은 비일상적인 단어들만 되뇌며 사는 인간의 초조한 냄새가 여기까지 물씬 풍겼다.

"현상금이 칠천 만 원이야."

"지금 돈이 문제야?"

"칠천 만 원……."

"맙소사, 희주야! 말려들지 마!"

동시에 유채는 이성적인 희주가 어째서 이런 말도 안 되는, 위험천만한 꼴에 발을 담글 준비를 하는지 깨달았다. 칠천 만 원. 그 돈이면 희주의 집안을 사채업자들에게서 구할 수도 있었다.

"현상금을 육 등분하자는 얘기가 아니야. 희주에게 그 돈이 필요하 잖아."

민혁이 담담한 목소리로 유채를 설득했다. 유채는 묵묵히 버너 세트 를 챙기고 텐트의 말뚝을 차례대로 제거했다. 동그랗게 솟아올라 있던 파란색 비닐천이 순식간에 땅으로 폭 꺼졌다. 유채는 빠른 속도로 텐 트 지지대를 분리하고 말뚝과 줄을 가방에 넣었다.

"지은이 기절하기 전에 빨리 내려가자. 상대는 성인 남자에 전과 18범 콤보 세트야. 우린 고작 열여섯 살 먹은 중딩들이고. 상황 파악이 안 되 는 거니, 주제 파악을 못하는 거니?"

"네 판단 미스로 또 다른 범죄가 일어날지도 몰라."

"내려가서 신고하면 되잖아! 휴대전화 터지자마자 112에 신고하자 고!"

"그 땐 너무 늦어. 경찰이 이곳에 도착할 때까지 저 남자가 신선놀음 하고 있을 거 같아?"

"어이, 거기."

불행히도 그 순간 지은이 긴장감에 짓눌려 주저앉아 버렸다. 나머지 다섯은 망치에 얻어맞은 얼굴로 서로의 눈치를 살폈다. 탈주범이 그들 을 불렀다.

"어떻게 하지?"

"자연스럽게 해, 자연스럽게."

"도망칠까?"

"멍청아! 여기서 여섯 명이 우르르 뛰어가면 남자가 눈치챌 게 뻔해!
쫓아올 거라고!"

"그럼 어떡하자고?"

지은을 제외한 다섯이 굳은 얼굴로 탈주범 쪽으로 시선을 돌렸다.
그는 커다란 바위에 걸터앉아 그들을 바라보고 있었다. 담담한 자세.
담담한 분위기. 딱히 어떤 계략의 냄새가 느껴지진 않았다.

"잠깐 여기로 와 볼래?"

'빌어먹을! 저 남자 정체를 눈치챘을 때 텐트고 뭐고 다 버리고 도망
쳐야 했어!'

유채는 눈을 질끈 감았다. 살인 미수, 강도, 폭행. 남자의 범죄 리스
트가 레스토랑 메뉴판처럼 호화찬란하게 펼쳐졌다.

"여기서 기다려."

난데없이 준석이 나섰다. 현우도, 민혁도 아닌 준석이. 준석은 격렬한
심장 박동을 주체할 줄 모르는 아이들을 뒤로 한 채 그쪽으로 걷기 시
작했다.

"같이 가."

당연히 현우가 준석을 따라나섰다. 준석은 별로 긴장한 얼굴이 아니
다. 어쩌면 평상시 그답게 별생각이 없는 것일지도 모른다. 겁을 전혀
먹지 않았다면 거짓말이겠지만 준석은 이 상황이 범죄의 폭풍전야라

기보다 그저 하나의 모험처럼 느껴졌다. 곁에는 든든한 현우도 있고 뒤에는 네 명이나 되는 다른 친구들도 있다. 게다가 그는 뉴스나 신문을 통 보지 않아 이강현에 대한 지식이 거의 없었다. 때문에 지금 이 상황이 어떤 식으로 치달을 수 있을지 상상하지 못했다. 사실 준석은 평소에도 그리 미래를 예측하며 사는 편은 아니었다.

"무슨 일이세요?"

준석은 그의 전매특허인 티 없이 눈부신 미소를 지으며 무릎을 약간 구부렸다. 남자는 준석의 고른 치아와 상냥한 눈매를 물끄러미 바라보았다. 준석은 미소에 자신 있었다. 그것은 의도된 가식이라기보다 생활의 지혜가 가져다 준 습관에 가까웠다. 어릴 때부터 미소만 지으면 주변 사람들은 모두 자신에게 친절했다. 친구들도, 선생님도, 부모님도, 문방구 아줌마도. 준석의 미소는 신경 예민하고 깐깐한 사람의 경계마저 순식간에 해제시켜 버리는 마력이 있었다. 그러나 탈주범에게까지 그 마력이 미칠지는 미지수였다.

"친구들끼리 놀러 온 모양이지?"

"네. 야외 캠핑이에요."

"요 아래 중학교 다니나?"

"네. 3학년이요."

"옆의 학생도?"

"네."

지금 이 순간 현우는 준석의 정신세계가 미치도록 부러웠다. 준석은 이 상황을 전혀 이해하지 못했다. 그가 살갑게 대화를 건네고 있는 남자가 이 계곡에서 여섯 명의 합동 장례식을 홀로 치러 낼 수 있는 일급 범죄자라는 사실을 망각해 버린 것 같았다. 아마도 준석의 세상을 보는 시각이 평균적으로 낙관적인 사람들의 시각을 한참 웃돌기 때문일 것이다. 현우는 떨려 죽을 지경이었다. 멀리 있을 땐 평범한 아저씨라고 생각했다. TV에서 난리법석을 떠는 건 단지 자극적인 뉴스거리로 포장하기 위한 쇼일 뿐이라고 생각했다. 민혁과 마찬가지로, 현우는 여섯 명이 힘을 합치면 이 남자를 잡을 가능성이 충분하다고 믿었다. 그러나 바로 앞에서 보는 그의 눈빛에는 분명 일반인들과 다른 무언가가 있었다. 세상에서 가장 무서운 것, 자포자기의 눈빛이었다.

"친구들 눈빛이 왠지 불안해 보이는데……."

"늦었잖아요. 사실 학원을 땡땡이 치고 온 거라 학원 끝나는 시간에 맞춰서 들어가야 돼요. 아저씨는 뭐하고 계세요? 여긴 물고기도 안 잡히던데?"

'대단한 놈. 질문까지 던지다니.'

현우는 준석 앞에서 무릎이라고 꿇고 싶었다. 늘 준석을 약간 모자란 아이라고 생각했던 자기 자신에게 돌이라도 던지고 싶은 심정이었다. 지금 준석의 낙천적인 성격보다 이 상황에 도움이 되는 것은 없었다. 탈주범의 얼굴이 점차 무심해져 갔다. 그는 중학생 꼬마들에게 흥미를 잃어가고 있었다. 해맑은 준석의 미소를 본 범죄자라면 누구나 자신이 의심받고 있다고 생각하지 않을 것이다. 중학생들의 얼굴은 거짓말을 못하니까. 이것이 일반적인 편견이다.

"하지 말라니까!"

그 순간 건너편에 모여 있는 아이들 사이에서 찢어질 듯 강렬한 목소리가 튀어나왔다. 유채의 목소리다. 그 순간 바늘 떨어지는 소리까지 들릴 정도로 고요한 적막이 주변을 감쌌다. 간간이 지저귀던 새들조차 어디론가 사라져 버렸다. 무중력 공간에 갇혀 버린 듯 귓가에서 이명까지 들려왔다. 준석과 현우는 뒤를 돌아보았다. 탈주범도 그들을 주시했다. 완전히 겁에 질린 새파란 얼굴의 여학생 셋, 쓸데없는 치기에 휩싸여 탈주범을 노려보고 있는 남학생 하나. 현우는 침을 삼켰다. 탈주범과 눈이 마주쳤다. 준석의 무장 해제 미소는 이미 효력을 잃어버렸다.

"친구들도 이쪽으로 좀 불러 주지 않겠어?"

탈주범의 눈빛이 변했다. 흥미를 잃어가던 무심한 눈에서 단서를 찾아내려는 형사의 눈으로.

"이…… 이쪽으로 잠깐 와 봐."

현우는 자신의 떨리는 목소리를 저주했다.

"왜 그렇게 쭈뼛쭈뼛해? 내가 뭘 한다고."

남자의 목소리는 이제 부드럽기까지 하다. 휴대전화조차 터지지 않는 깊은 산 속. 이곳은 오로지 그만의 무대, 그만의 조리대였다. 재료는 이미 갖춰졌다. 그의 입맛대로 조리하면 그만이다. 오랜 도피 생활로 너무 예민해진 자신의 신경을 나무라며 죄 없는 아이들을 돌려보낼 것인지 만약을 위해 또 하나의 전과를 추가할 것인지, 모두 그의 손에 달렸다.

"다들 표정이 안 좋네?"

"……."

"여학생은 어디가 아픈가?"

남자가 자신을 지목하자, 지은은 숨넘어가는 소리를 내며 고개를 미친 듯이 저었다.

"아저씨…… 어디서 본 적 없어?"

다행히 탈주범은 지은에게서 시선을 돌렸다. 그리고 여섯 명 모두에게 질문을 던졌다.

"너희, 내가 누구인지 알고 있는 거지? 그렇지?"

그와 동시에…….

"이야아!"

민혁이 한 번도 본 적 없는 동작을 취하더니 탈주범의 명치를 가격했다. 한순간 온 몸에 힘을 빼 오징어처럼 축 늘어뜨렸다가 에너지를 끌어모으듯 모든 힘을 손끝에 집중해 일격을 가한 것이다. 마치 살풀이 같은 전통춤에 무술을 합친 듯 다소 기이한 동작이었다. 그것은 종무도의 비기였다. 민혁은 한 번도 종무도 수업을 받아본 적이 없었지만 도장에 끌려 나갈 때마다 어깨 너머로 수련자들의 동작을 익혔다. 아직 열여섯 살밖에 되지 않았지만 그는 타고난 무술인이었으며 남들이 몇 달 만에 익히는 동작을 하루 만에 익힐 수 있는 재능을 타고났다. 민혁은 자신의 특별한 재능에 자신만만했다. 지나칠 정도로 자신만만

했다. 그것이 이런 객기를 불러일으키고 말았다. 그 순간 대열이 흩어지며 여자아이들이 비명을 지르기 시작했다. 그들이 가장 염려하던 일이 터져 버린 것이다.

탈주범은 갑작스러운 일격에 바위에서 굴러떨어졌다. 돌과 자갈이 섞인 울퉁불퉁한 지면에 얼굴을 정면으로 부딪쳐 충격이 꽤 큰 듯했다. 그러나 아파 죽겠다며 데굴데굴 구르는 범죄자와 그 사이를 틈타 팔과 다리를 결박하는 아이들로 장식되는 위대한 피날레는 없었다. 탈주범은 지면으로 굴러떨어진 즉시 몸을 일으켰다. 낚시꾼 아저씨로 위장했던 상냥한 눈빛은 이미 사라지고 없었다. 민혁은 남자의 섬뜩한 눈빛에 긴장했다. 그러나 자신의 일격에 나뒹군 남자의 모습에서 용기를 얻었고, 다시 온 몸을 늘어뜨리며 종무도의 비기를 손끝으로 불러 모았다.

"이것 봐라?"

탈주범은 코웃음을 쳤다. 그는 눈앞의 꼬마들이 가소로웠다. 한편으로는 절망스럽기도 했다. 한적한 시골 분위기이면서도 도시의 편의시설이 거의 갖춰진 이 동네가 매력적인 것은 사실이었지만 오래 머무를 생각은 아니었다. 개처럼 쫓는 경찰들이 자신의 예상 행보를 전혀 엉뚱한 방향으로 잡았기 때문에 이전에 있던 동네 바로 근처로 임시 거처를 옮긴 것뿐이다. 어두운 등잔 밑으로 숨어 들어가는 것은 고전적이면서도 안전한 도피였다. 그는 이곳에서 경찰과의 추격전으로 쌓인 피로를 회복하고 새로운 도피 행로를 계획할 생각이었다. 이 작은 동네에서 긴장할 만한 일을 겪으리라고는 전혀 생각하지 못했다. 특히나 이런 꼬마들 때문에 낭패를 보게 되리라고는. 심지어 여섯이다. 이 꼬마들을 그냥 내려보냈다간 일이 어떻게 진행될지 뻔했다. 지원 요청한 동네 순경들에 의해 삽시간에 사방이 막혀 버릴 것이다. 지긋지긋한 사이렌 소리가 사방에 울려 퍼지고 상공엔 헬기가 나타날 것이다.

거기까지 생각하자 미쳐 버릴 것 같았다. 탈주범은 민혁을 향해 손을 뻗었다. 우선 이 모기 같은 자식부터 처리해야 했다. 계집애들은 눈을 부라리면 비명을 지르며 기절하기 마련이지만 사내새끼들은 골치가 아프다. 특히 이 녀석은 어디서 보고 배운 게 있는지 제멋에 취해 주먹을 휘두르는 것 같진 않았다. 방심하고 있는 사이에 가한 일격은 꽤 충격이었지만 그를 쓰러뜨리기엔 턱없이 부족했다. 탈주범은 특공대원까지 상대해 본 적이 있었다. 희한한 동작으로 상대방을 당황시키는 이런 꼬마쯤이야 한 주먹거리 밖에 되지 않을…….

"이 자식이……!"

민혁은 잽싸게 탈주범의 손아귀에서 벗어났다. 민혁은 바위 뒤로 몸을 피하며 구세주의 이름을 내질렀다.

"주현우!"

그 순간 현우와 준석이 탈주범에게 달려들어 각각 팔 하나씩을 잡았다. 그들은 타이밍을 기다리고 있었다. 그 타이밍이 반짝거린 순간 두 사람은 놓치지 않고 제 몫을 해냈다. 탈주범은 갑작스럽게 결박된 두 팔에 당황한 듯 온 몸을 거칠게 흔들기 시작했다.

"놔, 이 새끼들! 이 피라미 같은 새끼들이 어디서 지랄들이야! 죽고 싶어?"

준석의 이가 딱딱 부딪쳤다. 귓가에서 들리는 고함 소리는 흡사 지옥의 불구덩이에서 들려오는 죄인들의 끔찍한 비명 같았다. 그의 낙천적인 세계관이 불구덩이의 열로 녹아내리기 시작했다. 이제야 준석은 이 상황이 두려워졌다. 시뻘겋게 충혈된 눈으로 자신을 노려보는 남자가 금방이라도 이로 자신의 목을 물어뜯어 버릴 것만 같았다.

"유채야, 희주야!"

현우가 다음 타자를 외쳤다. 지은은 완전히 넋이 나가 도저히 어떻게 할 방법이 없다. 남은 건 두 사람뿐이다. 유채와 희주 또한 다리가 후들거려 금방이라도 주저앉을 것 같았지만 이를 악물고 텐트 장비가 모여 있는 쪽으로 달려가 줄과 말뚝, 텐트 천을 들고 달려왔다. 포박의 청사진이 그려지진 않았지만 이것들로 어떻게 할 수는 있을 것 같았다.

"그 줄로 다리를 묶어! 다리부터 묶어야 해!"

그 순간 준석이 바닥으로 나뒹굴었다. 압박을 이기지 못하고 온몸에 힘이 빠져 버린 것이다. 탈주범은 자유로워진 팔로 곧장 현우의 머리채를 잡았다. 고통스러운 비명이 암흑으로 뒤덮인 계곡에 울려 퍼졌다. 낮에만 해도 청량한 공기가 가득하던 푸른 숲은 이제 냉혹한 방관자가 되어 버렸다. 그 사이 민혁이 달려들어 다시 팔을 붙잡으려 했지만 소용없었다. 탈주범은 완전히 자기 페이스를 찾았다.

'내 잘못이 아니야. 난 적당히 봐주며 살살 굴리려고 했어. 이렇게 된 건 다 상황 파악 못한 이 핏덩이들 때문이야. 마음만 먹으면 못할 것이 없다고 믿는 이 대책 없는 애새끼들!'

이렇게 된 이상 탈주범이 취할 수 있는 행동은 둘 중 하나였다. 놓아

주든가, 찬란한 전과 리스트에 또 하나를 추가하든가. 사실 그가 선택할 수 있는 것은 제한되어 있었다.

"이것들이 여기서 수장되고 싶어서 아주 환장을 했구나! 감히 누구에게 덤벼, 어? 이런 새파랗게 어린 것들이!"

탈주범의 발치에서 줄을 들고 쩔쩔매던 유채와 희주가 비명을 지르며 나가떨어졌다. 잔혹한 범죄자의 면모를 드러낸 남자가 섬뜩한 눈빛으로 세 여학생을 제압했다. 유채와 희주는 이미 넋이 나가 있는 지은의 곁으로 뒷걸음질쳤다. 지은은 여섯 명 중 유일하게 최악의 사태를 정교하게 조립하고 있었다.

우리는 이곳에서 아무도 모르게 수장될 것이다. 우리의 시체는 석 달 후 삼 킬로미터 떨어진 호숫가에서 발견될 것이다. 시신이 알아볼 수 없을 정도로 훼손되어서 이와 지문으로 신원을 확인할 것이다. 여섯 학생들의 학부모가 울부짖는 모습이 카메라에 담길 것이다.

거기까지 생각하자 눈물이 둑 넘치듯 흘러나왔다. 지은은 유채를 끌어안고 흐느꼈다. 그 사이 희주는 탈주범에게 맥없이 당하는 세 남학생들을 지켜보고 있었다. 민혁의 무술도, 현우의 운동신경도, 준석의 해맑은 미소도 더 이상 탈주범에게 통하지 않았다. 아무 도움도 되지 못하는 자기 자신이 원망스러웠다.

이대로 끝인가?

"거기, 비켜!"

그 순간, 어디선가 여자의 날카로운 목소리가 울려 퍼졌다. 세 남학생들이 반사적으로 뒤를 돌아보았다. 꽤 먼 곳. 계곡으로 내려오는 언덕길에 누군가가 서 있었다. 덤불 그림자에 가려진 새카만 형상이 점차 달빛 아래 모습을 드러냈다. 투박한 운동화, 검은색 반바지, 하얀 티셔츠 그리고…… 한 손에 들고 있는 주먹 하나 크기의 돌.

투포환 선수, 백윤주.

"이야아아아아!"

백윤주는 놀라운 속도로 계곡을 향해 달려왔다. 심지어 탈주범도 그 자리에서 굳어 버린 채 움직이지 않았다. 커다란 눈을 부릅뜨고 목젖이 보일 정도로 크게 고함을 지르며 달려오는 한밤중의 여학생은 마치 전설의 고향에서 튀어나온 도깨비 같았다. 멈춰 버린 시공간 속에서 홀로 달려오던 여학생이 일순간 멈춰 서더니, 한 손에 들고 있던 돌을 날렵하게 내던졌다. 프로의 손아귀에서 날아간 타원형의 돌은 정확하게 탈주범의 얼굴을 가격했다.

"아악!"

탈주범이 현우의 멱살을 놓으며 바닥으로 쓰러졌다. 분명 우둑 하는 소리가 났다. 무언가가 부러진 것이 분명하다. 탈주범은 자갈과 돌멩이 사이에서 슬픈 얼굴로 주인을 올려다보고 있는 피 묻은 앞니를 발견했다.

"이…… 무슨 개 같은 일진이야!"

앞니가 빠진 탈주범이 광기 들린 사람처럼 팔을 휘두르기 시작했다. 그러나 그 사이에 돌이 하나 더 날아왔다. 이번엔 이마를 향해서. 탈주범은 크게 비틀거리며 옆으로 솟아오른 바위를 짚었다. 민혁과 현우는 그 기회를 놓치지 않았다. 둘은 또 다시 탈주범의 팔을 포박했다. 그리고 반쯤 넋이 나가 있는 세 여학생들에게 다시 한 번 밧줄을 부탁했다. 가장 먼저 정신을 차린 희주가 백윤주의 도움을 받아 밧줄을 들고 바위로 뛰었다.

"어떻게 된 거야?"

"훈련 중이었어. 체전이 얼마 안 남아서."

백윤주는 더 이상 길게 설명하지 않았다. 이런 상황에서 망설임은 독이 될 뿐이다. 그녀는 자신이 어떻게 움직여야 하는지 정확하게 알고 있었다. 운동선수인 그녀는 일분일초를 다투는 상황에서 마음을 비우고 냉정을 유지하는 비결을 배운 적이 있었다.

희주는 이 절체절명의 순간에 '영웅'처럼 등장한 백윤주가 어쩌면 진짜 영웅일지도 모른다고 생각했다. 아니, 확신했다.

'백윤주가 철수맨이었어……!'

희주는 밧줄을 백윤주에게 건넸다. 백윤주는 힘줄이 불거진 단단한 팔로 탈주범의 오른쪽 다리를 붙잡았다. 그러나 밧줄로 발을 묶는 것은 불가능했다. 투포환 선수가 던지는 돌을 두 덩이나 맞았는데도, 탈주범은 아직까지 이 한밤중의 난투극이 자신의 승리로 끝날 것임을 믿어 의심치 않았다. 상대는 중학생들이다. 더군다나 그에겐 절대로 질수 없는 마지막 비기가 남아 있었다.

"밧줄 제대로 잡아, 유채야!"

뒤늦게 합류한 유채와 준석이 함께 탈주범의 왼쪽 다리로 달려들었다. 탈주범은 망에 걸린 광어처럼 있는 힘을 다해 몸부림쳤다. 결국 들고 있던 밧줄을 놓쳐 버렸다. 그 순간, 탈주범이 현우를 밀쳐내며 잠바 안주머니에 손을 넣었다. 상황 판단력이 빠른 민혁은 그것이 무엇을 의미하는지 금세 눈치챘다.

"팔을 붙들어! 무언가 꺼내려고 해!"

이미 늦었다.

탈주범의 한 쪽 손에 손바닥 크기의 작은 권총이 들려 있었다. 완전히 얼어 버린 현우가 자신을 겨누는 시꺼먼 총구를 응시했다. 영화에서 이런 장면을 몇 번이나 보았다. 속임수일지도 모른다. 탄환이 없는 빈총일 것이다. 그러나 이런 상황에서 안전을 확신하고 상대방에게 덤벼드는 영화 주인공들은 아무도 없었다. 그들은 그저 기다리기만 했다. 마지막으로 전세를 역전시킬 수 있는 극적인 타이밍을.

그러나 현실에서, 그런 타이밍이 정말 오긴 올까?

"모두 일렬로 서. 허튼짓하는 녀석은 대가리에 숨구멍을 내 줄 테니 멋대로 해."

탈주범이 승리의 미소를 지으며 꼬마들을 향해 총구를 겨누었다.

"이 밧줄로 너희들 손을 묶어. 차례대로."

그리고 발밑에 떨어져 있는 기다란 밧줄을 아이들 쪽으로 내던졌다.

"어서!"

고함 소리에 놀란 준석이 밧줄을 든 채 어쩔 줄 모르고 현우를 쳐다보았다. 현우는 한숨을 쉬며 준석의 팔을 밧줄로 묶었다. 그다음엔 민혁이 현우의 팔을 묶었다. 그다음엔 희주가, 다음은 유채가. 그런 식으로 굴비처럼 엮인 일곱 명의 중학생들이 탈주범 앞에 무릎을 꿇고 앉았다.

"다 너희가 자초한 거다. 너희가."

탈주범은 바지 주머니에서 담뱃갑을 찾으며 바위에 걸터앉았다. 밥상은 차려졌다. 탈주범에겐 이 엮인 굴비 같은 녀석들을 어떻게 처리할지 고민할 시간이 필요했다.

윤주는 자신이 어쩌다 이 일에 말려들게 된 것인지 곰곰이 생각했다. 훈련 중이었다는 얘기는 거짓이 아니었다. 그녀는 저녁마다 이 산을 올랐다. 여느 산과 마찬가지로 저녁이면 동서남북이 사라지는 음산한 어둠의 구렁텅이였지만, 어릴 때부터 제 방처럼 드나들었던 산이라 별다른 두려움은 없었다. 등산객들이 잘 다니는 등산로 대신 윤주는 자신만의 등산로를 갖고 있었다. 바위가 많고 길이 정비되지 않아 지나다니기 힘들지만 나뭇잎 사이로 뚫린 청명한 하늘, 잡목림의 풍부한 향기, 계곡의 시원한 물줄기를 보고 맡고 느낄 수 있는 아름다운 산길이었다.

여느 때와 마찬가지로 개인 등산로를 따라 산을 내려오던 도중 이상한 소리를 들었다. 꽤 많은 숫자의 사람들이 다급하게 외치는 목소리,

괴성, 비명. 절대로 그냥 지나칠 수 없는 긴박감이 윤주의 발을 붙들었다. 계곡 근처에서 나는 소리였다. 윤주는 물줄기 소리를 따라 발걸음을 옮겼고, 먼발치에서 그 광경을 보게 되었다. 같은 학교 아이들이 정체불명의 남자를 향해 달려드는 광경을.

사실 윤주는 그가 탈주범 이강현인지 몰랐다. 그러나 목숨을 걸고 남자에게 달려드는 아이들의 표정을 볼 때 평범한 사람이 아님이 분명했다. 만만해 보이는 중학생 아이들을 상대로 돈이나 좀 뺏어 보려던 노숙자일지도 모른다. 아니면 밤마다 산을 타며 먹잇감을 노리는 정신이상자. 어느 쪽이든 상관없었다. 남자가 민혁과 현우를 번갈아 가며 걷어찼고, 그중 한 사람의 머리채를 잡고 구타하기 시작했다. 윤주는 여섯 명의 아이들 중 누구와도 친하지 않았다. 그러나 눈앞에서 구타당하고 있는 희생자들을 본 이상 모른 척 발걸음을 돌릴 수는 없었다. 위험에 처한 사람은 반드시 구해야 한다. 그것은 윤주가 신체를 단련하는 이유이기도 했다.

그래서 늘 던지던 공 대신 비슷한 크기의 돌을 들고 돌진했다. 남자는 정확하게 맞았고, 예상대로라면 기절하거나 아픔을 호소하며 나뒹굴어야 했다. 그러나 남자는 생각했던 것보다 강했다. 훨씬 더. 그녀는 졸지에 잘 모르는 아이들과 함께 범죄자의 희생양이 되고 말았다.

"어떻게 된 거야?"

"탈주범 이강현이야."

"아, 그, 우리 옆 동네에서 잡힐 뻔했던 사람?"

"우린 여기서 아침부터 놀았어. 해가 지길래 빨리 정리하고 내려가려고 했는데 저 남자를 만났어."

"재수 옴 붙었네……."

"그냥 가려고 했는데, 모르는 척 사라질 수 있었는데, 이 자식들이 우리 힘으로 충분히 잡을 수 있다고 꼬드겼어."

유채가 이글이글 타오르는 눈으로 민혁과 현우를 노려보았다.

"저렇게 강할 줄은 몰랐어. 게다가 총을 갖고 있을 줄 누가 알았겠어?"

민혁이 기어들어 가는 목소리로 변명했다.

"이렇게 되어 버렸지만 고마워. 돌 던져준 거."

"만날 던지던 걸 돌로 바꾼 것뿐인데 뭐."

"미안해. 우리 때문에 이런 일에 엮이게 해서……."

"저 총, 진짜 발사될까?"

윤주가 심각한 얼굴로 탈주범의 손에 들린 권총을 응시했다. 모든 것은 저 총에 달려 있었다. 실탄이 들어 있다면 어쩔 도리가 없지만, 만약 빈총이라면 다시 한 번 기회를 엿볼 수 있을 것이다. 그러나 총알이 들어 있는지 아닌지 어떻게 알아낸단 말인가. 윤주는 입술을 잘근 씹었다.

"이런 데서 백윤주를 만날 줄이야."

희주가 민혁을 향해 자그만 목소리로 속삭였다.

"이로써 검증 작업은 필요 없게 됐네. 진짜 철수맨이라면 여기서 이러고 앉아 있을 리가 없지."

"저 총만 아니었다면 해낼 수도 있었어."

"설마…… 우릴 쏴 죽일까?"

준석의 질문에 모두 할 말을 잃었다. 이제 상황 파악을 못하는 사람은 아무도 없었다. 모두 조용히 바닥을 바라보며 이곳에서 무사히 살아 집으로 돌아갈 수 있기를 빌었다.

탈주범은 바위에 걸터앉아 담배를 피우고 있었다. 담배가 절실했다. 이런 말도 안 되는 엿 같은 상황에 몰리게 된 이상 니코틴으로 정신을 재정비해야만 했다. 그는 미끈한 권총의 표면을 내려다보았다. 암시장을 통해 실탄 여덟 발을 구입해 채워 넣긴 했지만 한국에서 이 실탄을 사용할 일은 없기를 바랐다. 그는 오랜 도피 생활로 지쳐 있었다. 총은 어디까지나 최후의 보루일 뿐이다. 만약 이 총을 쓰게 된다면 당연히 경찰을 향해서라고 생각했다. 다 자라지도 못한 중학생들에게 겨누게 될 것이라고는 상상조차 해 본 적이 없었다.

'빌어먹을, 어떻게 한담.'

역시 경찰에게 쉽게 발견되지 않을 곳에 묶어 놓고 도망치는 것이 가장 합리적인 선택일 것이다. 동굴 같은 곳이 있다면 좋겠지만, 이 부근을 샅샅이 뒤질 생각을 하니 피곤함에 두통이 몰려왔다. 거의 타들어간 담배를 신발로 짓이겨 껐다. 탈주범은 빈 담뱃갑을 아무데나 던지고 바위에서 일어섰다. 아이들이 긴장한 듯 빳빳하게 어깨를 세우고 자신을 바라보고 있었다.

"궁금하지? 이 총에 진짜 총알이 들어 있는지."

우선은 아이들의 시끄러운 주둥이를 닫아 놓을 필요가 있다. 탈주범은 동그란 탄창을 열어 꽉 들어차 있는 여덟 개의 실탄을 보여 주었다.

경악으로 가득 차는 아이들의 눈이 만족스러웠다.

"알다시피 난 더 이상 잃을 게 없는 놈이야. 또 다시 잡히면 평생을 감옥에서 썩어야 할 텐데, 너희들을 다 죽여 버린다 한들 달라질 건 없어. 우리나라에서 사형선고는 종신형이나 마찬가지니 겁낼 것도 없지."

"그래서, 저희들을 죽일 생각인가요?"

누군가의 담담한 목소리가 탈주범의 협박을 중단시켰다. 지은이다. 나머지 아이들이 놀란 눈으로 지은을 돌아보았다. 몇몇 아이들은 지은의 존재조차 잊고 있었다. 지은은 울부짖음 ―탈진―기절의 충격 퍼레이드를 거쳐 이제야 마음을 비운 상태였다. 그때그때 반응하는 감정들을 그대로 토해 놓자 오히려 마음이 가벼워져서 상황을 이성적으로 판단하게 되었다. 지은은 확실히 용기 있는 아이는 아니었다. 희주에 비해 대담하지도 못했고 유채에 비해 상황 판단력이 뛰어나지도 않았다. 그러나 제 역할을 직시하고 나면 타고난 모범생의 분석력과 어휘력으로 타협을 추진할 줄 알았다. 그녀는 수 갈래로 나눠지는 반 아이들의 의견을 하나로 모으는데 도가 튼 반장이었다. 상대방이 혹할 만한 조건을 미끼로 결론을 이끌어 내는 건 지은의 특기였다. 늘 타이밍이 조금씩 늦긴 했지만.

"죽일 수도 있겠죠. 아저씨 말대로 아저씬 더 잃을 게 없는 사람이니까. 한 가지만 묻고 싶어요. 아저씬 처음부터 우리를 죽일 생각이었나요?"

"무슨 개소리야?"

"만약 우리가 아저씨의 정체를 전혀 모르고 있다고 결론 내렸다면 우리를 보내 주셨을 거죠? 즉, 아저씨는 일을 크게 벌이고 싶은 마음은 절대 없었다는 뜻이죠."

"그래서?"

"이대로 저희를 보내 주시면 절대로 경찰에게 신고하지 않을게요."

"지금 나보고 그 말을 믿으라는 거냐?"

"믿지 못할 이유는 뭔데요? 지금 저희에게 가장 중요한 건 목숨이에요. 목숨만 살려 주신다면 절대로 신고하지 않겠다는 제 말은 백 퍼센트 진심이에요. 지금 저흰 머리 쓸 힘이 없어요."

"이런 상황에서 그 말을 믿고 너흴 풀어 줄 범죄자가 존재할 거라고 생각 하냐? 순진하기 짝이 없구나."

"맞아요. 저흰 순진해요. 우리가 경찰에 신고한다면 아저씬 금세 그 사실을 알게 되겠죠. 아저씨가 잡힐지 도망칠지는 몰라요. 하지만 전 아저씨가 잡히지 않을 거라고 믿어요. 그렇게 쉽게 잡힐 사람이라면 대한민국 최고의 탈주범이 되지도 않았을 거예요. 아저씨는 도망칠 거고, 그렇다면 이 작은 동네를 뒤져 저흴 찾아내 복수할 수도 있어요. 범죄 영화에서 봤거든요. 진정한 범죄자는 복수를 잊지 않는다고. 아저씨가 어디로 숨었는지 전혀 알 수 없기 때문에, 우린 아저씨가 잡힐 때까지 불안에 떨겠죠. 그 불안감에 떨면서까지 경찰에 신고할 생각 없어요. 저흰 그냥 살고 싶을 뿐이에요. 그 생각밖에 없어요. 풀어 주신다면 이 모든 악몽을 여기서 끝내고 싶어요. 신고니 하는 골치 아픈 일로 사건을 연장시킬 생각은 추호도 없어요. 너희도 그렇지?"

나머지 아이들이 신들린 듯 고개를 끄덕였다. 특히 현우가 그녀의 놀라운 변신에 감탄을 금치 못했다. 동시에 여자인 지은이 저렇게 용기 있게 나설 때 남자인 자신은 아무것도 할 수 없다는 사실이 창피했다. 탈주범은 실눈을 뜨고 지은을 훑어보았다.

"그래……. 네 말이 맞다."

한 줄기 희망인가? 지은은 이 타이밍을 놓치지 않았다.

"그렇죠! 누구든 손에 피를 묻히고 싶어 하는 사람은 없어요. 아저씨는 살인은 저지른 적 없잖아요. 굳이 저희를 죽일 필요는 없잖아요! 그저 살고 싶은 꼬마들을 죽이는 건 멍청한 짓이에요. 여기서 벗어나고 싶은 생각밖에 할 수 없는 불쌍한 꼬마들을요!"

남자는 알 수 없는 미소를 띤 채 여전히 총구를 지은의 이마에 겨냥했다.

"맞아……. 일곱 명을 해치우는 건 바보 같은 짓이지. 그것도 꼬마들을. 아무리 범죄자라도 양심은 있어. 내 앞에서 내장이 터져 죽어 나가는 꼬마들을 보고 싶지 않구나."

너무 생생한 표현에 아이들이 몸을 떨었다.

"하지만."

남자의 표정이 일순간 변했다. 달칵. 아이들 모두 그 소리가 무슨 소리인지 알고 있었다. 수많은 영화와 드라마를 통해 머릿속에 선명하게 인식된 소리. 총이 장전되는 소리다.

"불행히도 너는 너무 똑똑하구나. 살아남는다면 아마도 달변가가 될 거야."

"아저씨……?"

"물론 다 죽일 생각은 없다. 하지만 이대로라면 너희 일곱을 어딘가에 가두는 데 쓸데없는 체력이 소모될 게 뻔해. 너희 같은 무대포 정신을 가진 녀석들이라면 중간에 무슨 짓을 할지 모르지."

"아니에요! 절대로……."

"닥쳐!"

남자가 유채의 얼굴로 총구를 겨눴다. 유채가 세웠던 무릎을 구부리며 희주 옆으로 쓰러졌다.

"방금 깨달았다. 너희를 반 기절 상태로 만드는 방법, 입 닥치고 내 말에 따르게 만드는 유일한 방법은, 바로 너희 중 한 명을 저세상으로 보내는 일이라는 걸."

정신이상자 특유의 괴이한 웃음소리가 인적 없는 수풀 너머로 사라진다. 등장할 때를 귀신같이 알아차린 까마귀들이 찢어지는 소리를 내며 하늘로 날아오른다. 누구도 입을 열지 않았다. 극적 타결에 실패한 지은은 부들부들 떨며 멍하니 총구만 바라보았다.

'잘될 거라고 믿었는데, 역시 세상은 만만치 않구나.'

지은은 체념하고 눈을 감았다. 아까 전에 심하게 오열했기 때문인지 눈물이 한 방울도 나지 않는다. 진짜 죽음이 코앞에 와 있는데도 전혀 실감이 나지 않는다. 중학생에게 죽음이란 판타지 같은 것이다. 침대에 드러누워 책이나 영화로 보는 것은 좋아하지만, 막상 자기 자신에게 닥치면 믿으려고도 하지 않고 그저 멀뚱히 바라보기만 한다. 지은은 그런 심정이었다.

'다 나 때문이야.'

민혁이 흐느꼈다. 자신이 객기를 부리지 않았다면, 남자애들을 부추기고 여자애들을 현혹시키지 않았다면 일이 이렇게 커지지도 않았다. 아무것도 모르는 척 순진한 연기를 펼치다가 산을 내려왔다면 지금쯤 신고 받은 경찰들이 산을 샅샅이 뒤져 저 남자의 손에 수갑을 채웠을 것이다. 그를 시작으로 손이 묶인 모든 아이들이 차례대로 울음을 터뜨렸다. 공터는 금세 아이들의 울음소리로 가득 찼다. 그들 모두 이런 상황에서 아이들의 눈물이 어른을 얼마나 짜증나게 만드는지 알지 못했다.

"시끄러운 것들, 이래서 내가 애새끼를 안 낳는 거야."

탈주범이 혀를 차며 지은을 노려보았다. 방아쇠를 당기면 저 여학생은 즉사다. 진짜 살인이다. 세상에 존재하는 거의 모든 범죄를 맛봤지만 살인은 저지른 적 없었다. 아직 몸도 다 자라지 않은 이런 여학생을 상대로는…… 어떤 범죄도 저지른 적 없었다.

"차라리 나를 죽여, 이 씨발 새끼야!"

현우가 울부짖으며 앞으로 튀어나왔다. 담담한 얼굴로 눈을 감고 있는 지은의 얼굴을 보자 사고가 정지되어 버렸다. 지은이 희생양이 된 것이다. 이런 긴급한 상황에서는 남자가 여자를 지켜야 옳다. 현우는 기사도 정신을 동경했다. 그것에는 남자의 책임감을 가장 아름다운 방식으로 충족시키는 무언가가 있었다. 그리고 지은은 현우에게 남자로서의 책임감을 느끼게 해 준 첫 번째 이성 친구였다. 죽음이라는 실감나지 않는 단어가 코앞에 닥친 지금에서야, 현우는 자신의 진심을 직시할 수 있었다. 지은이 좋았다. 자신을 편견 없는 눈으로 바라보고 현명하게 다독여 주는 지은을 좋아하고 있었다.

"내 여자친구 털끝 하나 건드리면 지구 끝까지 쫓아가서라도 널 죽여 버릴 거야!"

지은이 놀란 눈으로 현우를 돌아보았다. 가장 살벌한 상황에서 듣는 가장 낭만적인 고백이었다. 차가웠던 코끝이 뜨거워지면서 눈물이 다시 차올랐다. 총, 탈주범, 현우의 우는 얼굴, 여자친구, 도와줄 사람이라곤 아무도 없는 쓸쓸한 공터…… 머리가 빙글빙글 돌면서 현실감각이 사라졌다.

"애새끼들이 지랄들 한다."

탈주범이 가래침을 뱉으며 현우를 조롱했다. 현우는 자신을 말리는 민혁과 준석 사이에서 여전히 고함을 질러 댔다.

"차라리 나를 쏴! 개새끼야! 나를 쏘라고!"

"너 같은 새끼가 충격을 받으면 제일 먼저 넋이 나가 짐짝이 되어 버리지. 들어가! 진짜 쏴 버리기 전에!"

살인, 살인, 살인, 탈주범의 손가락에 땀이 배기 시작했다. 울음소리의 볼륨이 높아질수록 머릿속이 빙빙 돈다. 망설이는 것은 죄책감 때문이 아니다. 전과 19범이 되기 전의 의례 같은 것이다.

'앞으로 이 망할 나라를 뜨기 전에 정말 누군가를 죽여야 할 순간이 올 지도 몰라. 그 때를 위해 연습하는 것이라고 생각하자. 무슨 범죄든 한 번 저지르면 두 번은 어렵지 않아. 쏴, 쏘는 거야, 방아쇠를 당겨, 빨리, 빨리!'

남자는 눈을 질끈 감았다. 그리고 검지에 힘을 주었다.

타—앙!

얽히고설킨 비명소리가 계곡을 가로질렀다. 아이들은 우왕좌왕하며 정신을 차리지 못했다. 방아쇠가 당겨졌다. 누군가 다쳤거나 죽었을 것이다. 비명이 들리지 않은 것으로 보아 즉사했을 수도 있다. 그러나 피도 없고, 쓰러진 시체도 없다. 일곱 갈래의 비명 속에서 공포의 포로가 되었던 아이들은 곧 그 누구도 죽지 않았다는 사실을 깨달았다. 울부짖으며 대들었던 현우도, 탈주범이 희생양으로 점찍은 지은도 말짱히 살아있다. 그렇다면 총알은 어디로 날아간 것인가?

그 순간, 하늘이 어두워졌다.
물안개처럼 검푸른 베일이 그들의 시공간 위로 내려앉았다.

어둠과 침묵에 잠식당해 방향감각이 흐트러지고 귀가 울린다. 도대체 무슨 일이 일어난 것인가. 이 순간 가장 당혹스러운 것은 탈주범이었다. 그는 분명 방아쇠를 당겼다. 그러나 검지를 구부리기 전 갑작스럽게 총구의 방향이 엇나갔다. 그렇다. '하늘에서' 날아온 무언가로 인해 총알이 빗나간 것이다.

그 순간 탈주범은 계곡 한가운데 솟아오른 거대한 바위 위에 서 있는 누군가를 발견했다. 어슴푸레하게 빛나는 얼굴이 기이하게 반들반들거린다. 꼭 플라스틱 가면을 쓴 것처럼.

'설마, 가면을 쓰고 있는 거야? 도대체 왜?'

탈주범의 마음이 다급해졌다. 누구인지는 몰라도 풍기는 분위기가 꼬맹이는 아니다. 아마도 이 일대를 지나가다가 상황을 파악하고 달려든 행인일 것이다.

'침착하자, 침착해. 내겐 총이 있어!'

탈주범은 떨리는 손으로 다시 장전을 했다. 이번에는 망설임 없이 방아쇠를 당겼다. 인정하고 싶지 않은 사실이지만, 이 총이 없었다면 핏덩어리들에게 포박되었을지 모를 일이다. 이 마당에 어른까지 끼어들면 사태는 최악으로 치닫게 된다. 그는 교도소 독방의 폐쇄된 공기를 떠올렸다. 그곳의 공기에서는 자멸의 맛이 났다. 손이 닿는 곳마다 잡히던 바퀴벌레도 기억해 냈다. 오로지 생존만을 위해 씹어 삼킨 개떡 같은 식사도. 이렇게 된 이상 어쩔 수 없다. 모조리 죽여 버리는 수밖에는.

탕! 탕!

총성이 연달아 울렸다. 아이들이 총소리에 맞춰 몸을 낮추며 이 사건에 개입한 제삼자를 주시했다. 탈주범이 또다시 방아쇠를 당긴 순간 그 또는 그녀가 날아올랐다. 마치 배트맨처럼. 혹은 슈퍼맨처럼. 어쩌면 스파이더맨처럼. 거대한 망토 같은 그림자가 계곡에 드리워졌다.

"철수맨이야!"

사태를 가장 먼저 파악한 희주가 희열에 찬 비명을 내질렀다. 그리고 아이들을 향해 이젠 아무 걱정 말라는 듯 힘차게 고개를 끄덕여 보였다.

"이…… 뭐…… 미친……!"

탈주범은 순식간에 벌어진 일에 판단력을 상실한 채 미친 듯이 방아쇠만 당겨 댔다. 철수맨은 여유롭고 민첩하게 모든 총알을 피했다. 총알을 피하는 몸짓은 아슬아슬하거나 위태로워 보이지 않았다. 마치 정해진 안무를 행하듯 동작과 동작 사이의 이음새마저 완벽했다. 철수맨은 탈주범에게 먼저 달려들지 않았다. 그저 우아하게 수비하며 때를 기다릴 뿐이다.

탈주범은 바위 뒤로 몸을 숨긴 채 한쪽 손으로 심장을 문질렀다. 총은 순식간에 가벼워졌다. 그에게 자신감을 불어넣었던 총알은 이제 허무한 과거가 되어 공중으로 사라져 버렸다. 오늘은 그의 인생 최악의 날이다. 전주에서 여섯 대의 경찰차가 쫓아왔을 때도 지금처럼 절망스럽진 않았다. 중학생들이 겁도 없이 떼로 덤빈 것으로도 모자라 이제는 별, 괴상망측한, 웃기지도 않는 남자애새끼 가면을 뒤집어 쓴 정체불명의 괴한이 똥파리처럼 날아다니다니!

'대체 저 인간의 정체가 뭐지? 어째서 저런 해괴한 가면을 쓰고 있는 거지? 저 스피드는 도저히 인간의 것이라고 할 수가 없어. 마치 내 행동을 미리 읽고 서서히 체력을 빼앗기 위해 여흥을 즐기고 있는 것만 같잖아! 이 움직임은 마치, 마치, 뭐랄까……'

영웅! 가면 쓴 자는 마치 할리우드 영화에나 나오는 기분 나쁜 영웅들을 연상시켰다. 탈주범은 영화 속 악당들의 말로가 하나 같이 비참했다는 사실을 애써 외면했다.

"으아아아!"

탈주범은 최후의 포효를 울부짖으며 빈총을 내던졌다. 이성을 거의 상실한 탈주범은 온몸을 던진 육탄전이 자신에게 기적을 가져다 주길 바랐다. 어쩌면 이자는 피하는 것만 할 줄 아는, 그저 빠르기만 한 보통 사람일지도 모른다.

'그래야만 해. 그래야 내가 이 지옥을 벗어나, 이 지긋지긋한 나라를 뜰 수 있을 테니까! 난 잡히지 않아. 난 전설의 탈주범이야!'

탈주범은 비명과 함께 빌었다.

살아남은 아이들의 인터뷰

— 처음부터 우리가 잡을 수 있을 거라고 생각했어요. 당연하잖아요? 우린 일곱이고 그쪽은 하난데. 아, 윤주는 나중에 합류했지만 윤주가 없었더라도 잡았을 거예요. 희대의 탈주범이요? 전 그런 거 몰라요. 악당은 다 똑같은 악당이죠. 제가 아이들을 설득했어요. 우리 힘으로 잡을 수 있다고. 애들은 처음엔 반신반의했지만 이윽고 제 말을 믿었죠. 제가 친구들에게 용기를 줬어요. 전국의 모든 중학생들에게 용기를 줬으면 좋겠어요. 요즘 정말 별 미친놈들이 많잖아요. 길에서 마주치더라도 겁먹지 말고 자신을 믿으세요. 승리는 믿는 자에게 돌아옵니다. 무서웠냐고요? 전혀요. 일이 끝날 때까지 한 번도 울지 않았어요.

아, 저희가 탈주범을 붙잡을 수 있었던 건 종무도의 힘이 컸어요. 종무도 모르세요? 종무도. 삼국 시대부터 내려오는 우리나라 고대 무술

184

입니다. 전설의 비기가 가득하죠. 처음에 이 종무도로 탈주범을 공격했어요. 맥을 못 추던데요. 도장이 어디에 있냐고요? 수련장이 우리 동네에 딱 한 군데 있어요. 인기가 없어서 그런 건 아니고 워낙에 수련생들을 가려 가며 받다 보니……. 이거 기사에 꼭 실어 주세요. 수련장 약도랑 같이요!

— 처음엔 탈주범을 잡는 게 말도 안 된다고 생각했어요. 우린 어리잖아요. 게다가 상대방이 어떤 무기를 갖고 있는지 알 수 없는 상태에서 덤비는 건 어리석은 짓이라고 생각했어요. 솔직히 많이 무서웠어요. 처음에는 박민혁을 말렸지만 결국 민혁이 말을 들은 걸 정말 잘했다고 생각해요. 민혁이 말대로 우리가 탈주범을 잡았고, 상금으로 친구를 도울 수 있게 되었으니까요. 사실 아직도 저희가 어떻게 탈주범을 잡았는지 어리둥절해요. 민혁이가 종무도의 비기를 써서 탈주범에게 달려든 후 저희가 떼로 달려들었어요. 수가 많기 때문에 쉽게 잡힐 거라고 생각했지만 생각보단 쉽지 않았어요. 역시 어른이더라고요. 몸이 얼마나 딱딱한지 마치 바위를 향해 주먹을 날리는 것 같았어요. 밧줄을 이용해 탈주범 손과 발을 묶으려고 했지만 잘되지 않았어요. 그때 윤주가 등장하지 않았다면 큰일 났을 거예요. 윤주에게 꼭 고맙다는 말을 하고 싶어요. 우리 학교의 히어로예요. 작년에도 학교에서 자살 소동을 일으킨 여학생을 구한 적 있다고 꼭 좀 써 주세요.

— 어……. 전 그냥 평소처럼 훈련 중이었어요. 저녁마다 산을 오르

거든요. 체력 훈련 때문에. 흔히 사람들이 팔 힘만 좋으면 투포환을 할 수 있다고 생각하는데, 큰 오산이에요. 전체적인 체력이 좋아야 합니다. 투포환은 팔로 던지는 게 아니에요. 온몸의 근육을 성실히 단련시켜야 좋은 자세로 멀리 던질 수 있습니다. 아무튼 산을 내려오다가 계곡에서 이상한 소리가 들리기에 그쪽으로 갔어요. 탈주범이 친구들을 상대로 싸우고 있더라고요. 제가 발견했을 때도 애들이 잘 싸워 주고 있었어요. 그래도 하나 더 있으면 수월하겠다 싶어서 제가 달려갔죠. 그놈에게 돌을 던졌어요. 투포환 하는 거랑 똑같은 방식으로. 꽤 강하던데요. 두 방이나 먹였는데도 기절하지 않더라고요. 독한 놈이에요.

다 잡았다고 생각했을 때 갑자기 탈주범이 어딘가에서 총을 꺼냈어요. 진짜 총을 보는 건 처음이었어요. 그때부터 탈주범이 시키는 대로 순순히 줄을 서서 무릎을 꿇고 앉았죠. 입을 틀어막거나 손을 묶지 않았냐고요? 아뇨, 그런 건 하지 않았어요. 아마 총까지 꺼내 들었으니 다시 덤벼들 리는 없다고 생각했나 봐요. 나중에 안 사실인데 애들이 처음에 저를 보고 산도깨비인 줄 알았대요.

— 제가 탈주범에게 협상을 시도했어요. 네. 탈주범이 저희를 향해서 총을 겨누었을 때요. 어떻게 그렇게 용기 있는 행동을 했냐고요? 탈주범의 눈이 떨리고 있었거든요. 아, 저 사람도 살인만큼은 피하고 싶어 하는구나. 그걸 알았어요. 잘만 얘기하면 마음을 움직일 수도 있겠다고 생각했어요. 전 반장이거든요. 협상하는 건 자신 있는 데다 평소에도 말을 잘한다는 얘기를 여러 번 들었어요. 제 자신을 믿기로 했죠.

그런 급박한 상황에서 가장 중요한 건 믿음이에요. 제가 방금 한 말 기사에 꼭 써 주세요. 그런데 '지은 양은 이렇게 얘기했다.' 이런 식으로 써 주시는 건가요? 아니면 인터뷰가 그대로 나가는 건가요? 어느 쪽이 더 괜찮게 보이죠?

어쨌든, 저는 지금 우리들의 머릿속에는 이곳을 빠져나갈 생각만 있을 뿐 신고 같은 건 꿈도 꾸지 않는다고 얘기했어요. 생각해 보라고, 우리가 여길 빠져나가 아저씨를 신고한다고 해도 희대의 탈주범인 아저씨가 쉽게 잡히겠냐고, 잡히지 않으면 자신을 신고한 우리에게 복수할 게 빤하지 않느냐고, 아저씨 같은 무서운 범죄자에게 복수당하고 싶은 열여섯 살짜리 애들이 어디 있겠냐고, 우리들 머릿속엔 그저 여길 빠져나가 집으로 돌아가고 싶은 생각밖에 없다고 했어요. 탈주범은 처음에 제 말에 코웃음을 쳤어요. 하지만 제 설득에 서서히 빠져들었어요. 그러다 갑자기, 탈주범의 안색이 변하더니 저를 겨눴어요. 저를 죽여서 아이들을 공포에 질리게 만들어 입을 막아 버린 후 어딘가에 가둬야겠다고 했어요. 저를 희생양 삼은 거죠. 전 담담하게 죽음을 받아들이려고 했어요. 그때 현우가 뛰쳐나왔어요. 나 대신 자길 죽여 달라고, 내 여자친구를 건들지 말라고……. 그 순간만 생각하면 아직도 눈물이 나올 것 같아요. 사실 전 현우를 좋아하고 있었거든요. 정말…… 너무너무 멋있었어요. 아, 이건 기사에 쓰시면 절대로 안 돼요!

— 네. 제가 마지막으로 달려들었어요. 그 새끼가 지은이한테 총을 겨눴을 때 저걸 막아야겠다는 생각밖에 안 들었어요. 그래서 탈주범에

게 달려들었죠. 그때 첫 번째 총이 발사됐어요. 다행히도 빗나갔죠.

기적은 아마도 그때 일어난 것 같아요. 총소리가 친구들을 깨운 거예요. 저희 일곱 명은 단체로 탈주범에게 달려들었어요. 그 사람은 우리가 감히 그럴 것이라곤 상상도 하지 못했나 봐요. 다시 총을 쏘려 했지만 저와 민혁이가 그쪽 팔로 달려들었어요. 총은 그때 떨어뜨렸고요. 현장에서 총을 찾지 못했다고 들었는데, 아마 계곡에 떠내려갔을 거예요. 단체 겨투에서 기억나는 게 없냐고요? 여덟 명이서 몸싸움을 했다고 생각해 보세요. 그것도 중학생 일곱 명이 거머리처럼 달라붙어서요. 총이 어떻게 됐는지, 탈주범에게 어떤 식으로 매달렸는지, 어딜 맞았는지, 그런 건 하나도 기억나지 않아요. 하나 선명하게 기억나는 건 저희 때문에 뒷걸음치던 탈주범이 발을 헛디뎌서 바위 위로 넘어졌다는 거예요. 그때 기절했다고 봐요. 쿵, 소리가 났거든요.

어쨌든 굉장한 모험이었어요. 탈주범의 두 팔과 다리를 밧줄로 묶을 땐 진짜 영웅이 된 기분이었어요. 영화에 나오는 영웅이요. 아, 그렇다고 길거리에서 범죄자를 만났을 때 겁도 없이 달려들라는 얘기는 아니에요. 사실 저도 죽도록 무서웠거든요. 친구들이 없었다면 아마 지금쯤 저세상에 있을 거예요.

— 현상금과 상금을 어디에 쓸 거냐고요? 모두 집에 갖다 드릴 거예요. 사실…… 집안 사정이 좀 어렵거든요. 나이는 어리지만 늘 부모님께 도움을 드리고 싶었어요. 친구들에게 하고 싶은 말이요? 사랑한다고요. 수천만 원이나 되는 이런 큰돈을 정말 저에게 모두 줄 거라곤

생각 못했어요. 물론 처음부터 제게 현상금을 안겨 주기 위해 친구들이 탈주범에게 달려들었다는 사실을 알고 있었지만요. 친구들을 믿지 않았다는 소리가 아니라, 정말 큰돈이잖아요. 저희 집이 다시 평화를 찾았으면 좋겠어요. 돈 때문에 불행해지는 건 너무 슬픈 일이라고 생각해요. 지금 너무 행복해요. 그리고 누군가에게 감사하다고 말하고 싶어요. 저와 제 친구들에게 기적 같은 용기를 준, 보이지 않는 저희들의 영웅에게요.

— 엄청 무서워서 죽는 줄 알았어요. 그리고 쓰러져 있는 탈주범 아저씨가 아주 조금 불쌍했어요. 그것 말곤 딱히 할 말은 없어요. 왜 그렇게 해맑게 웃느냐고요? 그냥, 이게 제 평상시 표정이에요. 제가 웃고 있으면 사람들이 모두 친절하게 대해 주거든요.

일 년을 통틀어 한두 번 매스컴에 오를까 말까 하는 이 작고 조용한 동네는 갑작스러운 취재 열기에 몸살을 앓았다. 수십 대의 경찰차와 경찰 오토바이, 검찰 고위 관직자들을 태운 번쩍번쩍한 세단이 하루에도 몇 번씩 언덕길을 올라왔다. 동네 사람들은 희대의 탈주범 이강현이 자신의 동네에서 검거되었다는 사실에 경악을 금치 못했다.

"그러고 보니 얼마 전 슈퍼에서 닮은 사람을 마주치긴 했어요. 마지막 하나 남은 방울토마토 상자를 동시에 집었지. 노려보니까 손을 떼고 사라지더라고. 어디서 많이 봤다 했더니 글쎄 이강현이었어!"

"나도 얼핏 본 것 같아요. 학교 근처에서. 세상에나, 우리 애들이 납

치당하지 않은 것만 해도 천만다행이네!"

당연한 절차로 뒤늦은 증언이 쏟아져 나왔다. 동네 사람들은 작은 정보라도 하나 더 얻으려고 달려드는 언론의 스포트라이트를 마음껏 만끽했다. 탈주범 이강현이 서울로 이송된 후에는 온갖 방송국과 언론사에서 카메라맨, 기자 등 취재진들이 여름 휴가철 피서객 인파처럼 물밀듯이 몰려들었다. 그들의 초미의 관심사는 단 한 가지였다.

탈주범 이강현을 맨손으로 때려잡은 일곱 명의 중학생들.

그들은 졸지에 전국적인 유명인사가 되어 수많은 뉴스와 신문, 잡지를 장식했다. 사람들은 희대의 탈주범을 검거한 것이 스무 살도 되지 않은 어린아이들이라는 사실에 놀라움을 금치 못했다. 학생들은 개교기념일 날 친구들과 숲 속에서 야영을 즐기던 중이라고 했다. 모두 같은 학교 아이들로 남학생은 고작 세 명뿐이었다. 학생들은 하산 준비를 하다가 계곡으로 모습을 드러낸 탈주범을 발견했다. 보통 학생들이라면 공포에 떨어 숨거나 도망쳤겠지만, 이 학생들은 다 함께 합심해 탈주범을 검거하는 데 성공했다. 탈주범은 총까지 소지하고 있었지만 용기백배한 일곱 명의 중학생들을 막을 수는 없었다. 학생들은 바위에 머리를 찧고 기절한 탈주범의 팔과 다리를 포박한 채 산을 내려왔다. 신고를 받은 경찰들은 반신반의하며 달려갔다. 그리고 전국의 경찰들이 잡지 못했던 희대의 탈주범을 고작 열여섯 살짜리 중학생들이 검거했다는 사실에 경악했다. 학생들이 어떤 방식으로 탈주범을 포박했는지는 정확하게 알려지지 않았다. 학생들 모두 살아야겠다는 일념으로 달려들었기 때문에 그 당시 상황을 일목요연하게 정리하기가 불가능하다며 입을 모았다. 대강의 사건 정황으로 보았을 때 탈주범의 방심과 용기백배한 아이들의 활약이 이 대사건의 열쇠라고 결론지어졌다.

탈주범 이강현은 별다른 증언을 하지 못했다. 그는 반 실성 상태였으며 다소 머리가 이상한 사람처럼 행동했다. 경찰들은 조금이라도 형량을 줄이고자 하는 그의 영악한 술수로 판단했으나, 시간이 흐른 후 그에게 정말 정신이상의 기미가 있다는 것을 인정했다. 의사들은 이강현이 아마도 바위에 부딪칠 때 뇌 어딘가에 경미한 손상을 입은 듯하다고 진단했다. 그는 겁에 질린 얼굴로 보이지 않는 무언가를 가리키며 덜덜 떨었으며 자주 헛소리를 중얼거렸다.

'사람이 날아다녀요. 검은 파리 같아요. 거대한 파리. 아니, 그건 사람이었어요. 어쩌면 도깨비였는지도 몰라요. 그래요, 도깨비였어요. 얼굴이 아이처럼 일그러진 이상한 귀신. 그게 자꾸만 날 쫓아와요. 저기, 저기서도 날 바라보고 있어요.'

경찰들은 계속되는 그의 헛소리에 더 이상 신경 쓰지 않았다. 어차피 얼마 후면 독방으로 이송되어 수십 년을 시멘트벽에 둘러싸여 살아야 할 것이다. 저 말도 안 되는 헛소리는 묵묵하고 자애로운 벽이 모두 들어줄 것이다. 중요한 것은 희대의 탈주범의 도피 행각이 드디어 막을 내리게 되었다는 것이며, 그것은 하루에도 수많은 사건들로 골머리를 앓는 경찰들에게 그야말로 단비와 같은 소식이었다. 누가 잡아왔던 간에, 사실 경찰 입장으로선 그리 중요한 부분은 아니었다. 성과 없는 추격전으로 자괴감에 빠져 있던 수많은 경찰들은 오랜만에 두 다리를 쭉 뻗고 잘 수 있게 되었다.

그날 저녁의 진실

"본 일곱 학생들은 생사가 걸린 위험을 두려워하지 않고 힘을 합쳐 희대의 범죄자를 검거하여 학교의 위상을 드높였으므로 이 상을 내립니다. 교장 백만금."

윤주가 급조된 공로상을 받는 것은 이번이 두 번째였다. 그렇기에 구령대 위에서 어떻게 행동하면 되는지 잘 알고 있었다. 상장을 받고 교장 선생님을 향해 고개를 숙인 후 뒤돌아 전교생에게 다시 고개를 숙이면 된다. 그렇게 하면 자동적으로 박수가 터져 나오고, 그 박수 소리에 화답하듯 쑥스럽게 미소 지은 후 구령대를 내려가면 된다. 그러나 이번에는 그 박수 소리가 훨씬 길었기 때문에 쉽게 내려갈 수가 없었다. 일곱 명의 아이들은 상당히 피곤한 상태였다. 며칠간 톱스타 영화 홍보 못지않은 인터뷰 스케줄을 소화해 내야 했기 때문이었다. 대단하다, 무섭지 않았느냐, 기적 같은 일이다 같은 이야기들을 수도 없이 들었다. 여자아이들은 역시 강준석과 이현우 콤비라며 이 사건에 살과 뼈를 붙여 신화적인 영웅담을 탄생시켰다. 대부분의 아이들은 어째서 박민혁이 그곳에 있었는지 의아스러워했다. 박민혁은 전에 없던 시큰둥한 얼굴로 대답을 회피했다. 그의 등은 예전과 다르게 곧게 펴 있었다.

일곱 명의 아이들은 각자 몽롱한 시선으로 구령대 아래 모인 천 명 가까운 아이들을 바라보았다. 시선이 점점 흐려지면서 페이드아웃되었다. 아이들은 '그날'의 진짜 기억을 되뇌었다.

굉장하다.

현우와 민혁은 넋을 잃은 채 철수맨의 군더더기 없는 몸놀림을 좇았다. 두 사람 모두 싸움에는 자신 있었으며 자신보다 강한 또래를 만나본 적이 없었다. 정보에 따르면 철수맨은 같은 학년 동급생이다. 그러나 그가 눈앞에서 보여주는 몸놀림은 도저히 열여섯 살이라고 할 수 없었다. 저 스피드, 저 파워, 저 카리스마, 저 상황 판단력. 도저히 열여섯 살의 능력이라고 믿을 수가 없다.

철수맨.

이 작은 동네의 암흑가를 평정하는 영웅.

가면 뒤에 초인적인 힘을 숨긴 전설적 존재.

혹시 다른 슈퍼 히어로들처럼 초능력이나 특수 무기를 갖고 있는 건 아닐까 유심히 살펴보았지만 특별한 점은 없었다. 철수맨은 오로지 스스로의 힘으로 상대를 제압했다. 이소룡 같기도 했고, 성룡 같기도 했으며, 혹은 이연걸, 가끔은 원표를 연상시켰다. 하루도 체력 단련을 게을리하지 않은 성실함과 천부적 재능을 갖춘 가면 속 영웅은 무술을 예술의 경지로 승화시켜 추한 몸싸움이 아닌 하나의 작품으로 만들어 냈다. 그들의 격투에선 폭력적인 날것의 냄새가 전혀 나지 않았다. 유연하고 우아한 몸놀림은 아름답기까지 했다. 일곱 명의 아이들은 서로 가까이 모인 채 숨을 죽이고 철수맨의 활약을 지켜보았다.

"넌 도대체 뭐하는 새끼야!"

인간은 궁지에 몰리면 자신도 몰랐던 잠재력이 발휘된다고 했다. 탈주범이 여태껏 버틸 수 있었던 이유는 그 잠재력 때문이었다. 악에 받친 잠재력, 범죄자 특유의 거머리 같은 의지가 탈주범의 정신력을 최대치로 끌어올렸다. 그러나 악인의 행운에는 한계가 있는 법이다. 탈주범은 가쁜 숨을 몰아쉬며 절망적으로 소리 질렀다.

"갑자기 어디서 나타난 거냐고, 어?"

방향을 잃은 주먹이 붕 뜬다. 철수맨은 더 이상 전력을 다해 싸우지 않았다. 마지막 한 방을 날릴 준비를 하며 천천히 그의 투지를 앗아갔다.

그리고.

"……방금 들었어?"

쿵 하는 소리와 함께 탈주범이 바위 옆으로 널브러졌다. 철수맨의 발차기를 피하던 중 발을 헛디뎌 바위에 머리를 부딪친 것이다. 울부짖음에 가깝던 탈주범의 비명이 순식간에 사라져 버렸다. 아이들 모두 탈주범의 비명에 신경을 곤두세우고 있던 지라 갑작스러운 침묵이 당황스러웠다. 마치 라디오를 통해 전쟁 종결 뉴스를 들으며 감격에 차올랐다가 가장 극적인 순간에 전원이 끊겨 환호성을 내지를 타이밍을 놓쳐 버린 피난민들 같았다.

사방은 고요뿐 더 이상 격투는 없다. 그제야 아이들은 철수맨과 정면으로 마주보았다.

진짜 철수맨이다. 그가 쓰러진 탈주범 곁에서 아이들을 바라보고 있다!

모두가 이 인물의 정체를 밝혀내기 위해 애쓰던 중에 서로와 얽히게 되었다. 올 초만 해도 전혀 친하지도 않았던 아이들이 이 인물을 매개채로 하여 다정한 관계를 맺었다. 눈앞의 이 인물은 일곱 명의 아이들을 모이게 한 장본인이자 여섯 명 아이들의 숙원이기도 했다.

너는 누구인가. 여자인가, 남자인가. 정말 같은 학교 동급생인가. 정말 열여섯 살인가. 어째서 철수맨 가면을 쓰게 되었나. 어떤 성장과정을 거쳤기에 그런 놀라운 무술 실력을 갖게 되었나.

물어보고 싶은 것이 산더미다. 그러나 아이들은 어떤 것도 묻지 못했다. 철수맨의 압도적인 분위기가 마법을 건 듯 말하는 법을 잊어 버리고 말았다. 그 마법을 가장 먼저 깨뜨린 것은 희주였다.

"감사합니다, 도와주셔서. 아니었으면 우리 중에 누군가 죽었을 거예요."

희주를 시작으로 아이들이 순서 없이 감사의 인사를 내뱉었다. 어색하기 짝이 없는 인사였다. 각자 다른 목소리가 뒤엉키면서 어정쩡하게 격식을 갖춘 인사말이 중구난방으로 튀어나왔다. 사실 철수맨이 등장해 탈주범을 발치에 쓰러뜨리기까진 그리 많은 시간이 걸리지 않았다. 아이들은 아직도 눈 깜짝할 사이에 상황을 정리한 영웅 전설을 보고도 믿지 못하는 상태였다. 나머지 아이들이 현실감각을 되찾는 동안 희주가 용기를 내어 말을 붙였다.

"사실 예전에도 본 적 있어요. 공사장에서."

"……."

"저……."

무슨 말을 해야 할지 모르겠다. 희주는 언제나 철수맨을 직접 보게 된다면 무작정 자신의 집안 사정을 털어놓고 도와달라고 막무가내로 매달릴 작정이었다. 당신이라면 해 줄 수 있지 않느냐고. 위험에 처한 사람들을 도와주는 것이 영웅의 역할이니까 위기에 처한 우리 가정을 구해 달라고. 집안을 위협하는 그 무서운 사람들을 어떻게 좀 해 달라고. 울면서라도 매달릴 작정이었다. 어떤 방식으로 도와달라고 할 것인지에 대해선 생각해 본 적 없었다. 그냥 영웅이니까 어떻게든 해 줄 수 있지 않을까. 그렇게 막연하게 희망했다. 희주가 생각할 수 있는 것은 거기까지였다. 그러나 막상 철수맨이 눈앞에 나타나자 말을 꺼낼 수가 없다. 나비처럼 날아오르는 영웅, 이 영웅에게 여중생 집안의 구질구질한 사정을 해결하는 일 따위는 어울리지 않는다. 희주는 그의 대활약을 다시 보고서야 깨달았다. 영웅의 몫은 따로 있다는 것을.

"직접 만나고 싶었어요."

"……."

"하고 싶은 말이 많았는데……. 아무것도 못하겠어요."

가면 뒤에서 철수맨의 눈동자가 반짝거린다. 검고 맑은 눈동자다. 그 눈동자가 희주를 응시했다. 무언가를 이야기하는 듯하다.

이대로 철수맨을 보낸다면 인연은 여기서 끝이다. 희주는 어렴풋이 직감할 수 있었다. 이렇게 철수맨을 일 대 일로 마주하는 행운은 이것이 마지막이다. 그러니 잡지 않으면 사라질 것이다. 집안 사정은 여전히 수렁에서 헤어날 수 없을 것이고, 어쩌면 그 수렁이 다시 메울 수 없을 만큼 훨씬 깊어질 수도 있었다. 그러나 어떻게든 가족의 힘으로, 혹은 주변 사람들의 힘을 모아 해결해야 하는 것이 아닐까. 아직은 아니다. 아직은 전설의 영웅에게 손을 벌리지 않아도 해결할 수 있는 어떤 해결책이 남아있을지 모른다. 희주는 이 긍정적인 확신이 어디서부터 온 것인지 알 수 없었다. 단지 가슴 속에 번져 나가는 흐릿한 희망을 믿을 뿐이었다. 희주는 곁에 서 있는 유채와 지은의 손을 힘주어 쥐었다.

"어떻게 해야 하죠? 저 사람이요."

침묵을 가르고 현우가 물었다. 아이들의 시선이 쓰러진 탈주범에게 가 닿았다. 그는 완전히 기절한 듯 미동조차 없다. 철수맨은 무언가를 가리켰다. 바닥에 떨어져 있는 텐트 고정용 밧줄이다. 아이들은 철수맨의 눈치를 보며 미적거렸다. 그러다 윤주가 나서서 밧줄을 들고 탈주범에게 먼저 다가갔다.

"뭐해? 빨리 와."

그제야 아이들이 우르르 달려가 각자 밧줄을 들고 탈주범의 손과 팔을 포박하기 시작했다. 손과 팔을 묶고, 다시 허리에 감고, 무릎에 감고, 아예 온 몸을 누에고치처럼 칭칭 감아 버렸다. 그가 다시 깨어난다 해도 이 밧줄을 풀고 도망치는 것은 불가능할 것이다. 아이들은 남자에게서 '희대의 탈주범'이란 수식어를 깨끗이 제거했다.

"저희가 데리고 내려가서 신고하면 되는 건가요?"

"……."

"경찰에게 무어라 얘기하면 되나요? 이 사람에게 위협받던 중에 철수맨이 나타났다고?"

"……."

"그렇게 되면 경찰이 철수맨에 대해서 물을 텐데……."

철수맨은 아무 말도 하지 않았다. 그는 어떤 것도 정확하게 지시하지 않았다. 오가는 대화는 없었지만, 아이들은 철수맨이 무엇을 원하는지 간파할 수 있었다. 지극히 영웅다운 선택.

"저희가 알아서 할게요."

희주가 그중 가장 담담한 목소리로 상황을 정리했다. 철수맨은 이 사건에서 흔적을 지우고 싶어 하는 것이다. 이 범죄자를 경찰서에 신고한 후 일어날 후폭풍은 어렵지 않게 예상할 수 있었다. 모든 취재진들이 상황 재연을 부탁할 것이다. 그때 철수맨을 거론한다면 동네 사람들이 지켜 오던 작은 전설이 전국적으로 유명세를 타게 될 것이 뻔했다. 그렇게 되면 영화 〈스파이더맨〉의 신문사 혈투가 현실화될지 모른다. 철수맨의 전설이 낱낱이 파헤쳐지고 확인되지 않은 허풍 섞인 목격

담이 연일 뉴스에 오르내릴 것이다. 영웅을 시기하는 인간들이 음모론을 퍼뜨릴 것이고 스포트라이트에 목마른 영혼들이 너도 나도 철수맨 행세를 해 댈 것이다. 어쩌면 그들처럼 철수맨의 정체를 확인하기 위해 사방에서 추적 팀이 기승을 부릴지도 모른다. 그것은 철수맨의 소멸이나 마찬가지다. 애초부터 그가 원한 것은 유명세가 아니었다. 위기에 처한 동네 사람들의 안전, 그것이 철수맨의 존재 이유였다. 철수맨을 지키는 길은 오직 한 가지다. 이 사건에서 그의 존재를 완전히 지워 버리는 것.

"절대로 얘기하지 않을게요. 누구에게도."

일곱 명의 아이들은 누에고치처럼 묶인 탈주범을 둘러싼 채 철수맨을 바라보았다. 남자아이들은 경례를 하고 싶은 충동에 시달렸다. 진정한 영웅 앞에서는 어쩐지 그 행동을 해야만 할 것 같다.

철수맨은 여전히 침묵을 지켰다. 어깨에 멘 검은색 천 가방을 치켜올렸다. 운동화 끝으로 땅을 톡톡 차며 두어 번 고개를 꺾었다.

그리고 처음 나타났을 때와 마찬가지로 날렵하게, 마치 날아가듯 계곡에 솟아오른 바위로 뛰어갔다. 그의 걸음을 뒤쫓는 것은 확실히 불가능했다. 바위 위에 선 우아한 그림자가 아이들을 향했다. 철수맨의 머리 위에 밝은 달이 떠 있다. 달무리 한 줄 없는, 깨끗하고 맑은 달이다. 철수맨은 튀어 오르듯 다른 바위를 발로 디디며 반대편 수풀 너머로 사라져 버렸다.

처음 나타났을 때와 마찬가지로 소리 없이 그렇게…….

졸졸졸, 물 흐르는 소리가 귓가에 얹힌다. 산들바람에 흩날리는 잎

사귀, 나뭇가지들이 서로 엉켜드는 다정한 소리가 고요히 들려왔다. 시간이 제 속도로 흐르기 시작했다.

"진짜 대단한 밤이었어."

누군가 중얼거렸다. 모두 그 말에 동의했다. 오늘은 잊을 수 없는 밤이 될 것이다.

일곱 명의 아이들은 마지막으로 계곡을 돌아보았다. 그곳에 흐르고 있는 것은 물이 아니다. 비밀, 전설에 관한 모든 이야기들이다. 흐를수록 깊어지는 수면 아래 잠들어 있는 비밀들. 달빛이 그 아래까지 닿는다면, 언젠가 누군가는 그들의 이야기를 발견할 수도 있을 것이다.

"어떻게 끌고 가지?"

설명할 수 없는 감동과 겸허한 공기가 옅어진 후 민혁이 기절해 있는 탈주범을 가리켰다.

"일단 저걸로 돌돌 만 다음에 같이 들고 내려가자. 휴대전화가 터지는 곳에 가면 경찰서에 바로 신고하고."

"그 전에 할 일이 있어."

"뭔데?"

아이들이 지은을 응시했다. 지은은 공포와 불안이 완전히 가신 얼굴로 비밀스러운 미소를 지었다. 또다시 그녀의 교통정리가 빛을 발할 시간이다.

"새로운 이야기를 구상해야지."

박수 소리가 잦아들자 아이들이 차례대로 구령대를 내려왔다. 가장 마지막까지 구령대에 서 있었던 희주는 계단을 내려오기 전 잠시 고개를 돌렸다. 그리고 눈앞의 수백 명의 동급생들을 바라보았다.

'이들 중에 있어. 분명히 철수맨은 이 안에 있어.'

똑같은 교복. 똑같이 새카만 머리카락. 용기 있는 친구들의 행동에 감탄하며 열심히 박수를 치는 모습들.

순간, 아이들의 모습이 한데 어울려 회오리처럼 엉킨다. 모든 아이들의 눈빛이 의미심장하게 빛나고 미소에 묘한 의미가 부여된다. 한 사람, 한 사람 모두 가능성을 갖고 희주를 바라보고 있다. 희주는 얼굴도 모르고 이름도 모르는 미지의 인물을 찾아 까치발을 들었다.

'누구지? 이 아이들 중 도대체 누가 우리의 목숨을 구해 준 거지?'

누굴까, 이들 중에 유일하게 다른 의미로 미소 짓고 있는 사람……

"뭐해? 빨리 내려와!"

누군가의 목소리에 희주는 퍼뜩 정신을 차리고 계단을 마저 내려갔다. 바로 앞에서 지은, 현우, 유채, 준석, 민혁, 윤주가 밝게 웃으며 희주를 부르고 있다. 한데 뭉쳐 희주의 머릿속을 어지럽히던 의미심장한 미소들이 사라졌다. 이제 보이는 것은 그녀를 부르는 친구들의 환한 얼굴뿐이다.

결국 가면 뒤의 얼굴은 보지 못했다. 아마 앞으로도 볼 수 없을 것이다. 그러나 그녀는 이미 가면 뒤의 얼굴보다 더욱 소중한 것을 얻었다.

희주는 웃으며 친구들을 향해 달려갔다.

마지막 이야기

    이른 아침, 언제나처럼 교문 앞.

    희주는 한 손엔 벌칙 노트, 한 손엔 얇은 목각 봉을 든 채 날카로운 눈초리로 아이들의 명찰과 교복 상태를 점검했다. 날이 추워지면서 교복 와이셔츠와 하얀 터틀넥 대신 사복 스웨터를 입고 오는 아이들이 늘어났다. 선도부장인 희주로서는 용납할 수 없는 행위다. 희주는 색색의 레깅스를 입고 등교하는 후배들과 친구들을 가차 없이 잡아냈다. 추운데 어쩌라는 거냐는 학생들의 불만이 하늘을 찌르지만 교칙이 변경되기 전까지는 그냥 보내 줄 수 없었다.

    "희주야, 오늘도 고생이 많다."

    현우와 지은이 나란히 교문으로 들어섰다. 지은은 발그레한 얼굴로 희주에게 손을 흔들었다. 연애를 해서 그런지 요즘 들어 점점 예뻐지는 것 같다. 희주는 장난스럽게 지은을 흘겨보았다.

"조심해, 니들. 학주가 호시탐탐 노리고 있어. 학교 밖에서 데이트하는 거 들키면 가만 안 둔대."

"걱정 마. 지은이 조심성 장난 아냐."

현우가 유쾌하게 웃으며 지은의 귀를 가볍게 잡아당겼다. 계곡 사건이후 두 사람이 사귀게 된 지도 오십 일이 다 되어 간다. 희주는 다정하게 걷는 지은과 현우의 뒷모습을 물끄러미 쳐다보았다. 둘 다 어느정도 진지한 구석을 갖고 있는 친구들이라 어른스럽게 사귈 줄 알았는데, 학교에서 노닥거리는 모습을 보면 딱 또래답게 유치하기 짝이 없어서 웃음이 나오곤 했다.

"희주야, 오늘 수업 끝나고 역전 안 나갈래? 윤주랑 영화 보기로 했는데 너도 같이 가자. 지은이야 보나마나 현우랑 놀 테고."

윤주와 유채가 팔짱을 낀 채 희주에게 다가왔다. 희주와 유채 모두쿨하고 털털한 성격의 윤주를 좋아했다. 요즘 첫사랑에 한창인 지은을제외한 세 사람은 남자친구가 없어도 잘 살 수 있다고 투덜대며 자주어울렸다.

"뭐 개봉했어?"

"윤주가 보고 싶은 영화가 있대."

"영국의 투포환 올림픽 금메달리스트의 실화 영화인데, 그제 개봉했거든."

윤주는 얼마 전 전국소년체육대회에서 금메달을 땄다. 윤주는 여전히 훈련에 열심이지만 예전보다 훨씬 자주 여자애들과 어울린다. 학교에서 늘 훈련만 하던 윤주는 새로운 친구들과의 일상이 즐거운지 예전보다 한층 밝아진 얼굴로 모두를 대했다.

"오케이, 수업 끝나고 모이자."

희주는 눈을 찡긋하고는 두 사람에게 손을 흔들었다. 교문 닫을 시간도 얼마 남지 않았다.

"박민혁!"

멀리서 보이는 희한한 옷차림에, 희주가 기가 찬 듯 소리를 꽥 질렀다. 민혁은 교복 위에 종무도 수련복을 입고 있었다.

"누가 교복 위에 거적때기 입고 다니래?"

"거적때기라니! 지금 종무도 무시하는 거냐?"

"수련은 도장에서나 해."

"도복 안에 깔깔이가 들어가 있어서 웬만한 점퍼보다 따뜻하단 말이야."

민혁이 볼멘소리를 중얼거리며 도복을 여몄다. 민혁의 뒤로 신생아 같은 얼굴의 1학년 후배들이 졸졸 쫓아왔다. 민혁의 꾐에 넘어가 종무도 수련장에 등록한 예비 무술인들이다.

"친구 사이에 너무 야박하시네."

"친구고 뭐고 교칙 앞에선 국물도 없어."

희주가 코웃음을 치며 박민혁의 이름 앞에 마이너스 일 점을 써 넣었다. 수련생들을 이끌고 거들먹거리던 민혁이 사라진 후, 희주는 다시 손목시계를 들여다보았다. 이제 교문을 닫아야 하는 시간인데도 아직 한 얼굴이 보이지 않는다.

"또 지각이네."

희주는 한숨을 쉬며 후배들에게 교문을 닫으라고 눈짓했다. 육중한 철문이 쇳소리를 내며 닫히려는 순간, 저만치서 누군가 헐레벌떡 뛰어오는 모습이 보였다. 얼굴은 확실히 볼 수 없지만 교복 주변을 감싸고 있는 후광이 그의 이름을 말해 주었다. 선도부 여자 후배들은 모두 하던 행동을 멈추고 최면에 걸린 듯 그를 바라보았다. 학교 간판의 후광 효과는 변함없이 강력했다.

"너 이번 달에만 몇 번 지각인 줄 알아, 강준석?"

"미안…… 알람을…… 맞춰 놨는데…… 또 못 들어서……."

준석이 무릎에 팔을 얹어 몸을 지탱하며 숨을 몰아쉬었다.

"그래도 지각은 아니지?"

준석이 특유의 해맑은 미소를 짓자, 희주는 엉겁결에 고개를 끄덕였다. 역시 이 미소 앞에서는 어쩔 수가 없다. 준석은 다시 한 번 담뿍 미소를 지은 다음 이미 홀려 버린 선도부 아이들을 뒤로 한 채 현관으로 향했다. 희주는 홀로 걷는 준석의 뒷모습을 바라보다가 그가 실내용 털 슬리퍼를 신고 있다는 사실을 깨달았다. 웃음이 나왔다. 그래도 준석은 그럭저럭 혼자서 잘해 나가고 있다.

교문은 완전히 닫혔다. 희주는 후배들을 모두 교실로 올려 보낸 후 헤어스타일이 불량해 무릎 꿇고 있던 몇몇 학생들도 보내 주었다. 조회가 시작될 시간이라 교정은 고요하다. 희주는 교문 근처에 떨어져 있는 쓰레기 몇 개를 주워 소각장으로 향했다.

며칠만 더 지나면 입김이 나올 정도로 추워질 것이다. 그 추위를 견

디고 나면 졸업이다. 그렇게 생각하니 서운하기도 하고 설레기도 하다. 분명 몇몇 친구들과는 같은 고등학교에 진학하지 못할 것이다. 지금은 철수맨 사건으로 친해진 친구들과 하루가 멀다 하고 함께 어울리지만 고등학생이 되면 점점 멀어질지도 모른다. 희주는 몇 달 남지 않은 마지막 중학생 시절을 좀 더 두 손에 꼭 쥐고 싶었다. 좀 더 많은 이야기를 만들고, 많은 시간들을 함께하고 싶었다. 철수맨의 정체를 밝혀내기 위해 의기투합했던 몇 달 전처럼…….

'결국 정체는 밝혀내지 못했구나.'

철수맨을 떠올리자 또다시 복잡 미묘한 감정이 밀려들었다. 아이들 모두 이젠 더 이상 철수맨을 입에 올리지 않았다. 모든 일이 잘 풀린 이상 전설의 영웅의 정체야 상관없지 않느냐는 태도들이다. 희주도 그렇게 생각했다. 그러나 간간이 계곡에서의 사건이 꿈에 나타났고, 꿈에서 깬 새벽이면 침대에 홀로 앉아 끝내 벗겨 내지 못했던 철수맨의 가면에 대해 생각하곤 했다. 오랜 시간이 흘러 이 시절의 기억이 수채화처럼 흐려진다면 그날의 미스터리한 일화도 현실과 환상의 경계에서 외줄타기를 하게 될 것이다.

"거기 누구야?"

아무도 없어야 할 뒤뜰에서 바스락거리는 소리가 들린다. 담을 넘는 학생일지 모른다. 희주는 본능적으로 전속력을 다해 소리 나는 쪽을 향해 달려갔다.

"뭐야, 어떻게 된 거야?"

한 남학생이 거대한 쓰레기봉투 위에서 허우적거리고 있었다. 새파랗게 질린 1학년 학생이다.

"지…… 지각을 해서 담을 넘다가……."

희주는 위를 올려다보았다. 높다란 참나무 가지에 교복 재킷이 걸려 있다. 아마도 담을 넘다가 발을 잘못 디뎌 곤두박질친 듯했다.

"그래도 다행이네. 잘못 떨어졌으면 큰일 날 뻔했어. 다음부터는 지각해도 그냥 교문으로 들어와."

"네……, 저……."

희주의 손을 잡고 일어난 남학생이 자리를 뜨지 못하고 머뭇거렸다.

"혹시…… 이 근처에서 어떤 사람 못 보셨어요?"

"사람? 아니, 내가 왔을 땐 너밖에 없었는데? 왜?"

"그게……."

남학생이 머리를 긁적이며 쓰레기봉투를 힐끗 쳐다보았다. 소각장에 던져질 차례를 기다리고 있는 쓰레기봉투들은 모두 소각장 옆 참나무 근처에 차곡차곡 쌓여 있었다. 유독 봉투 세 개만 담장 아래 나란히 놓여 있는 것이다. 그 순간 누군가 희주의 뒤통수를 때린 듯 기분이 멍해졌다.

"분명히 담을 넘을 땐 맨바닥이었거든요. 그래서 떨어지면 큰일이겠다고 생각했는데, 떨어지고 보니까 갑자기 이게 나타나서……."

남학생이 당혹스러운 표정으로 쓰레기봉투를 가리켰다.

"떨어질 때 누군가 쓰레기봉투를 이쪽으로 던지는 것 같았어요. 뛰어가는 소리도 들렸고."

"어디로?"

"네?"

"그 발걸음 소리가 어디로 났냐고!"

희주는 자신도 모르게 목소리가 높아졌다. 남학생은 얼떨떨한 표정으로 어깨를 움츠리더니 뒷문을 가리켰다. 희주는 망설임 없이 뒷문을 향해 뛰었다.

'철수맨이야. 분명히 철수맨이……!'

긴장한 탓에 다리에서 빠르게 힘이 빠져나가면서 숨이 차올랐다. 3학년 교실이 모여 있는 3층에 당도한 건 순식간이었다. 희주는 몸을 구부리며 거친 숨을 토해 냈다. 심장이 두근두근하고 현기증에 관자놀이가 찡하다. 구토가 올라올 것 같았다.

순간, 어디선가 문 닫히는 소리가 들려왔다.

고개를 들었을 때 눈앞에는 텅 빈 복도와 닫힌 교실 문들뿐이었다. 교단을 내리치는 선생님들의 고함소리, 아이들의 왁자지껄한 웃음소리, 끽끽거리는 의자 밀리는 소리가 간간이 갈라진 복도 벽을 울린다. 희주는 크게 숨을 들이켜며 방금 전까지 복도에서 떠돌던 미스터리한 향기를 들이마셨다.

갑자기 웃음이 터져 나왔다. 과연 전설의 영웅답다고 생각했다. 언제나 망토의 끝자락만 보여줄 뿐 형체도, 냄새도, 색깔도, 아무것도 허락하지 않는다.

희주는 벽을 등진 채 잠시 눈을 감았다. 자신의 임무는 여기까지인지도 모른다. 영웅의 첫 추격자. 언젠가 제2의, 제3의 추격자가 등장할 것이다. 각자 어떤 이유에서든 영웅의 가면을 벗겨 내고 싶은 열망에 불타는 또 다른 아이들이. 비밀을 쫓는 이들이 있는 한 숨겨진 이야기는, 보고(寶庫)는 사라지지 않을 것이다.

얼마 후 수업 시작종이 울렸다. 희주는 복도로 쏟아져 나오는 다른 아이들 틈으로 자연스레 섞여 들었다. 아마도 철수맨이 그러했듯이. 그리고 한동안 그 자리에 가만히 서서 스쳐 지나가는 수많은 아이들을 가만히 바라보았다.

자신과 마찬가지로 지극히 평범해 보이는 친구들, 그들 모두가 영웅의 후보들이다.

그리고 철수맨은 언제나 그들의 곁에서 조용히 임무를 다할 것이다. 잡힐 듯 말 듯 보이지 않는 망토를 휘날리며.

상처와 비밀, 학교, 그리고 빛나는
그 무엇에 관하여

강심호(문화비평가)

잃어버린 '초록색 문'

스물여섯 살의 젊고 발랄한 작가 김민서의 『철수맨이 나타났다!』는 '우리 동네 슈퍼 히어로 철수맨'의 정체를 밝히려는 열여섯 살 중학교 3학년 아이들의 경쾌하고 발랄한 이야기다. 최고급 어학 오디오 시스템을 갖춘 학원 건물 옥상에서 소가 밭을 가는 모습을 구경할 수 있는 동네, 그런 수도권의 평범한 개발 신도시에 귀여운 남자아이 가면을 쓰고 나타난 '철수맨'의 정체를 밝히는 과정을 담은 이 경쾌 발랄한 이야기를 읽으며 필자는 생뚱맞게도 곧바로 H. G. 웰스의 「벽의 문(The Door in the wall)」이라는 단편소설이 떠올랐다.

월러스라는 작중 인물이 유년의 어느 날 길을 가다 진홍색 담쟁이넝

쿨이 얽혀 있는 하얀 벽에 초록색 문이 나 있는 것을 보고 열고 들어간 순간, 평화와 기쁨과 꿈에서조차 생각할 수 없는 아름다움과 지구상에서는 누구도 찾을 수 없는 친절함으로 가득한 마법의 정원을 발견했다는 이야기. 그러나 그 한 번의 경험을 끝으로 살아가면서 초록색 문을 몇 번 만나지만 옥스퍼드 장학생 선발 시험 때문에, 또 사랑하는 여인에게 고백하기 위해서, 중요한 정책 결정을 위한 회의에 참석하기 위해 그냥 스쳐 지날 수밖에 없었고, 결국 죽음에 이르러서야 그 안에 들어설 수 있었다는 아주 간단한 이야기. 이 이야기가 떠올랐던 건, 『철수맨이 나타났다!』를 덮는 순간, 필자에게 그 초록색 문이 열린 듯한 느낌이 들었기 때문이다.

철수맨의 정체를 찾는 열여섯 살 중학교 3학년 아이들의 이야기가 그렇게 필자에게 초록색 문을 환기시킬 수 있었던 것은 작가가 소설 속에 넌지시 밝혀 놓은 것처럼 '철수맨의 정체를 밝혀내는 과정' 속에 소중한 무언가가 담겨 있기 때문일 것이다. 바로 상처와 비밀, 학교, 그리고 빛나는 그 무엇에 관해서.

학교는 비밀을 나누는 공간이다

영서중학교 3학년 희주는 학원 열람실에서 잠들어 늦게 귀가하다가 25년 만에 다시 나타난 철수맨이 동네 양아치들로부터 초등학생을 구해 내는 광경을 목격했는데, 그때 철수맨에 대해 결정적인 몇 가지 정보를 얻는다. 적당히 마른 편에 신체 비율이 좋고 키는 175~180센티 미터, 하얀 피부의 소유자라는 것. 그리고 결정적으로 철수맨의 나이 는 열여섯 살, 자신들과 똑같은 영서중학교 학생이라는 것을 철수맨이 가지고 있었던 검은색 천 가방 속에 있던 영어 문제집을 통해 알게 된 다. 소설은 희주가 우연히 목격한 철수맨의 활약상을 수학여행의 마지 막 날 친구인 지은과 유채에게 고백하면서 시작된다.

"철수맨은 우리 학교에 다니고 있어."

바로 그 순간 우리 동네 슈퍼 히어로 철수맨의 영웅 전설은 그대로 학교의 비밀스런 이야기가 된다. 어느 학교나 철수맨과 같은 이야기가 있다. 학교 안에 서 있는 세종대왕이나 이순신 장군의 동상이 자정이 되면 교정을 돌아다닌다든가, 밤 늦게 학교에서 공부하고 있으면 억울 하게 자살한 아이의 유령이 어느 틈엔가 옆자리에 우두커니 앉아있다 든가 하는 이야기처럼 모든 학교에 하나씩은 신비롭고 괴담 같은 이야 기가 떠돌고 있다. 그 이야기들도 '철수맨의 비밀'처럼 처음에는 삼삼 오오 몇몇의 비밀스런 이야기에서 시작되었을 것이다. 그것이 한 해 두 해 지나며 학교의 전설로 살아남은 것이다. 도대체 왜 학교에는 비밀 과 전설이 어른거리는 것일까? 어른들이 들으면 얼토당토않은 이야기 가 왜 학교마다 떠돌고 있을까? 젊고 현명한 작가 김민서는 그리 힘들 이지 않고 우리에게 속삭인다. '원래 학교는 비밀을 나누는 공간이니까 요.'

문제는 이처럼 학교가 비밀을 나누는 공간이 될 때 마술 같은 일이 벌어진다는 것이다. '철수맨 찾기'라는 비밀을 공유한 그 순간부터 희주, 지은, 유채에게 학교는 고리타분하고 지겨운 입시 교육장이 아니라, 꿈과 소문과 소동의 유쾌하고 신선한 공간으로 바뀐다. 물론 소설을 읽는 독자에게도 학교는 매력적인 공간으로 펼쳐진다. 비밀은 학교를 활기 있게 만든다.

우정은 거창할 필요가 없다

철수맨의 정체를 밝히기로 한 희주, 지은, 유채는 세 명의 동급생을 '용의선상'에 올린다. '비운의 2인자' 주현우와 '예수' 박민혁, 그리고 '김정희 자살 기도 사건'을 막아낸 투포환 선수 백윤주가 그들이다. 세 명의 소녀 탐정들은 세 명의 용의자들을 수사하면서 뜻하지 않게 '철수맨의 비밀'과는 또 다른 저마다의 비밀을 마주하게 된다. 어머니가 신내림을 받은 무당이라는 사실을 부담스러워하며 다른 누구에게도 알리지 않고 일부러 마음의 문을 닫아 걸은 이도 있고, 대대로 내려오는 가업을 계승하기 싫어 일부러 약골인 것처럼 위장하는 이도 있었다.

그들의 상처와 비밀은 어른이 보기에 상처 같지 않은 상처일 수도 있다. 요즘 같은 세상에 어머니가 무당이라는 사실이 무어 그리 부끄러운 일일까. 그러나 당사자에게는 그 상처가 어른이 보기에 대수롭지 않게 느껴진다고 해서 결코 사라지거나 없어지는 것은 아니다. 엉덩이에 있는 자그마한 점 하나, 또래보다 머리숱이 조금 적다거나 살이 조금 더 쪘다는 것만으로도 예민한 시절의 우리는 커다란 상처를 받을 수 있다. 당사자에게 그 상처와 비밀은 우주 전체의 무게를 가지고 있는 것이다. 그렇기에 그 무게를 온전히 당사자의 입장에서 이해해 줄 때, '우정'이 생기고 친구가 된다.

"그랬구나."

희주가 자신의 비밀을 고백했을 때, 그 고백을 들은 친구는 딱 이렇게만 말한다. 더 다른 말이 필요 없다. '그랬구나.'라며 상대방의 고민을 고민으로 인정해 줄 때 우정이 생겨난다. 그런 사람만이 비밀을 공유할 자격이 있다. '그게 뭐 대단해? 별 것 아닌 것을 가지고 유난을 떤다.' 비밀을 공유하고 우정을 쌓을 자격이 있는 사람은 이렇게 말하지 않는다. 누구의 상처가 더 크고, 누구의 비밀이 더 거대한가를 견주지 않고 타인이 느끼는 무게를 그 무게 그대로 이해해 줄 때 '우정'을 나눌 자격이 생기는 것이다. 그래서 우정은 거창하지 않다. 아니 거창할 필요가 없다. 꼭 사선을 돌파하며 생사를 같이 해야만 우정이 생기는 것이 아니고, 또 아무리 오랜 시간을 함께 나누었더라도 우정이 생기는 것이 아니다.

또 다른 주인공 유채와 지은의 우정도 마찬가지다. 15년 전 어머니가 돌아가시고 홀아버지 밑에서 집안일을 해 오며 자라야 했기에 모든 것이 무덤덤했던 시절을 지내 온 유채가 삼 일간의 이유 모를 열병을 앓고 학교에 돌아왔을 때 그에게 관심을 가져 주는 동급생은 없었다. 바로 그때 진심으로 안부를 묻는 "아팠어? 많이 말랐다." "립글로스 빌려 줄까? 입술이 창백해 보여." 지은의 이 몇 마디가 유채의 마음의 문을 열게 했다. 그리고 지은을 통해 유채는 인간관계에 노력이 필요하다는 것을 깨닫게 된다.

우리는 경험으로 알고 있다. 우정이 결코 거창하게 만들어지지 않는 것임을. 그리고 또 알고 있다. 학창 시절, 그 예민했던 시절에는 남과 조금만 달라도 그것이 내면에 생채기를 만들고, 마치 우주 전체가 내 몸을 짓누르는 것처럼 고민스럽게 만든다는 것을. 그 생채기를 치료하고 새살이 돋게 만드는 것은 바로 그것을 공유하는 친구와의 우정이라는 사실을 이 소설은 떠올리게 한다.

학교는 누구나 '철수맨'이 될 수 있는 가능성의 공간이다

우리에게 학교란 어떤 곳이었을까. 배울 학, 가르칠 교, 학교. 그곳은 무언가를 배우는 곳이다. 대한민국의 거의 모든 사람들은 초등학교 6년, 중학교 3년, 고등학교 3년, 도합 12년간 일상의 대부분을 학교에서 보내며 이후 인생을 헤쳐 나갈 지식과 정보, 교양과 지혜를 배워 나가게 된다. 그런 학교가 2010년 현재 위태롭다. 누군가는 학교가 나의 꿈과 성장을 위해 해 줄 것이 아무것도 없다며 학교 울타리를 뛰쳐나가고, 또 누군가는 더 양질의 입시를 위한 공부는 학원에서 해결하고 학교에서는 부족한 수면을 보충하곤 한다. 신문과 방송에서는 상시적으로 공교육의 위기, 즉 학교의 위기를 이야기한다. 학교가 아이들을 바보로 만들고 있다고, 세상은 정신 차릴 수 없을 정도의 스피드로 빠르게 변해 가는데 학교는 언제까지나 제자리걸음을 하고 있다고. 이런 현실에서 작가는 조금 다른 방향에서 학교의 의미를 묻는다.

주인공 희주는 철수맨을 찾는 대소동이 끝난 후, 똑같은 교복을 입고 똑같이 새카만 머리카락을 가진 수백 명의 동급생들이 달리 보임을 경험하게 된다. '모든 아이들의 눈빛이 의미심장하게 빛나고 미소에 묘한 의미가 부여된다. 한 사람, 한 사람 모두 가능성을 갖고 희주를 바라보고 있다.' 스포일러가 될 것을 무릅쓰고 미리 말하자면 이 소설에서 철수맨의 가면 뒤 정체는 끝내 밝혀지지 않는다. 그러나 그 대신 그렇기에 철수맨은 단지 동네 주민들을 위기에서 구해 주는 '우리 동네 슈퍼 히어로'라는 물리적인 대상에서 한 차원 고양된 소중한 '상징'이 된다. '가면 뒤의 얼굴보다 더욱 소중한 것', 철수맨은 모든 아이들에게 잠재되어 있는 '가능성의 상징'이 된 것이다.

무언가를 가르치고 배우는 것, 이를 조금만 넓게 이해한다면 학교는 아주 독특하고 오래된 방식으로 우리 청소년들에게 사람과 삶을 배우는 장소가 될 수 있지 않겠는가. 학교는 '치기 어린 대담함' 뒤에 감추어진 '여린 두려움'을 또래들과 함께하며 인간을 이해하고 삶에 관해 준비하는 곳이다. 그 안에서 상처가 곪아 비밀이 된 친구와 그 비밀을 공유하며 '우정'을 만들고, 저마다 소중히 간직한 커다란 가능성들을 키워가는 곳이다.

만약 학교 울타리 안에서 그 같은 가능성을 발견할 수 없다면, 그건 입시학원에 뒤쳐진 교육경쟁력보다 더더욱 학교의 위기일 것이다. 또 만약 학교라는 울타리 바깥에서 나의 비밀을 공유할 동료를 만나고 나의 숨겨진 가능성을 발견하고 펼칠 수 있다면 바로 그곳이 학교다. 일본 근대를 열어젖힌 사카모토 료마가 '나에게는 세상 모든 사람이 선생님이다.'라고 말할 때, 료마에게 학교는 세상이었던 것처럼 말이다. 이런 둔중한 통찰을 작가는 아주 흥미롭고도 발랄하고 때로는 유치해 보이는 철수맨 정체 찾기 소동극을 통해 너무 무겁지 않게, 너무 진지해서 부담스럽지 않게 우리에게 넌지시 전하고 있다.

다시 만나는 '초록색 문'

우리가 겪어온 학창 시절, 그 때를 돌이켜 볼 때 다시 돌아가고 싶다는 그리움을 느낄 수 있다면 그건 바로 상처를 비밀로 공유하며 우정을 키우고 함께 가능성을 모색했던 아름다운 관계 때문일 것이다. 어른이 되고 사회생활을 하면서 그 시절 그 아름다웠던 관계를 다시 겪고 싶어, H. G. 웰스의 단편소설 「벽의 문」의 월러스처럼 초록색 문을 찾아 헤매지만, 그건 그리 쉽게 찾을 수 없다. 그 시절의 '순수'와 '진정성'이 있어야만 보이는 문이기 때문에.

또한 김민서의 『철수맨이 나타났다!』는 늘 누군가와 성취의 무게를 견주는데 익숙하고, 고통의 무게조차 서로 견주기 일쑤인 성인 독자들에게는 쉽사리 나타나지 않는 그 초록색 문을 넌지시 보여 준다. 그 문을 열고 들어가 찬란했던 학창 시절을 다시금 기억하고, '살게' 해 준다. 그 '정화된 느낌'을 받을 수 있기에 이 소설은 청소년뿐만 아니라 성인이 된 독자들에게도 유의미하게 읽힌다. 필자가 그랬다.

우리 안의 영웅을 찾아서

김경연(문학평론가)

청소년 소설이 다양해지고 있다지만, 많은 경우 기시감을 불러일으킨다. 배경, 등장인물의 유형, 문제 혹은 갈등과 해결의 양상들이 엇비슷한 것이다. 여러 이유가 있겠지만, 무엇보다도 가정과 학교 또는 학원이라는 일상의 틀 안에서 청소년이 등장할 수 있는 상황이나 무대가 제한적인 탓이 가장 클 것이다. 그만큼 새로운 '사건'을 통해 청소년의 이야기를 풀어 나가기가 어렵다는 뜻인데, 이 점에서 『철수맨이 나타났다!』는 응모작들 가운데 단연 눈길을 끌었다.

어느 수도권 개발 신도시에 사는 세 명의 여학생들이 전설적인 영웅의 뒤를 쫓는다. 이런 설정은 보통 영웅의 정체에 초점이 맞춰져야 하지만, 작가는 유쾌한 반칙을 범한다. 독자의 궁금증은 그대로 밀고 가면서도, 세 명의 여학생과 그들이 영웅 후보자로 지목한 인물 개개인이 안고 있던 문제로 슬그머니 관심을 돌려놓는 것이다. 다소 만화적 또는 영화적인 캐릭터들의 흥미로움과 경쾌한 문체가 더해져 독자는 반칙을 깨닫지 못한 채 계속 책장을 넘기게 된다. 속도감 있게 읽힌다는 것은 좋은 스토리텔링의 중요한 미덕 가운데 하나다.

그렇다고 작가가 발랄함이나 경쾌함에만 기대고 있는 것은 아니다. 가령 "흙더미 위에 솟아난 두 개의 골대와 두 개의 농구대. 그들은 딱 그만큼의 지원 속에서 학창 시절을 지내고 있다."(p.21)라든가 "모두가 고등학생이나 성인이 된 후를 쿨하게 꿈꾸는 척하지만, 실은 그것은 말뿐이고 문제의 요지는 모두 현실 안에 있다. 학교 안에, 교실 안에, 바로 곁에 있는 친구와의 보이지 않는 관계 안에."(p.84)와 같은 통찰은 얼마나 예리한가. 입심도 만만치 않다. "한마디로 병주의 인격은 개판이었다. 세계는 너를 중심으로 돌아간다는 세뇌 아래서 자라난 남자아이는 스무 살이 되기도 전에 스스로를 파라오의 현신으로 착각했다."(p.58)

등장인물 개개인의 고른 구체화와 문제의식의 깊이에 대한 아쉬움이 없지는 않으나 열여섯 살 중학교 3학년 학생들의 자기 인식, 그들의 우정과 사랑이라는 주제를 이토록 흥미로운 방식으로 접근한 작품은 드물다. 그들처럼 자신의 문제를 하나씩 극복하고 새로운 관계를 모색하며 나아가는 것이야말로 진정한 영웅이라는 작가의 메시지["자신과 마찬가지로 지극히 평범해 보이는 친구들, 그들 모두가 영웅의 후보들이다."(p.209)]가 다음에는 어떤 이야기로 꾸려질지 사뭇 기대가 된다.

언젠가 야외 공원에서 〈슈퍼맨〉을 본 적이 있습니다. 기분 좋은 여름 밤이었고 수백 명의 사람들이 돗자리나 풀밭 위에 앉아 영화가 상영되길 기다리고 있었습니다. 처음 슈퍼맨이 등장했을 때 그곳에 있던 많은 사람들이 환호성을 지르며 즐거워했던 기억이 납니다. 히어로라는 것은 그런 존재라고 생각합니다. 등장만으로 많은 사람들의 응원과 사랑을 받는 존재. 그런 초인적인 히어로가 우리 학교 학생이라면 어떨까? 『철수맨이 나타났다!』는 그런 질문에서부터 시작된 글입니다.

작은 동네의 비밀스러운 영웅인 '철수맨'의 정체를 밝혀내려던 학생들이, 오히려 동급생들의 비밀을 알게 되면서 서로를 이해하고 도와 가며 성장하는 이야기를 쓰고 싶었습니다. 영웅에 대한 이야기가 아닌, 영웅을 발견해 나가는 학생들에 대한 이야기입니다.

이야기를 쓰는 내내 학창 시절에 겪었던 소소한 즐거움과 떨림, 설렘을 떠올리며 그 시절을 참 많이 그리워했습니다. 저에겐 이 글을 쓰던 시간이 작은 사건에도 열광하고 호기심 많은 십 대 소녀였던 저와 만날 수 있었던 시간이었습니다. 현재 학창 시절을 즐기는 분들에게는 지금 이 시절의 소중함을 일깨우는, 학창 시절을 그리워하는 분들에겐 따뜻한 추억을 불러일으키는 글이 되었으면 좋겠습니다.

많이 부족한 소설을 좋은 시선으로 바라봐 주신 심사 위원 선생님께 진심으로 감사드립니다. 늘 응원해 주시는 부모님과 친구들에게도 사랑한다는 말을 전하고 싶습니다. 책이 나오는 과정에서 하늘나라로 떠난 할아버지와 새롬이가 많이 보고 싶습니다.

김민서

철수맨이 나타났다!

펴낸날	초판 1쇄 2010년 6월 29일
	초판 4쇄 2013년 5월 15일

지은이	**김민서**
펴낸이	**심만수**
펴낸곳	**(주)살림출판사**
출판등록	1989년 11월 1일 제9-210호

주소	**경기도 파주시 문발동 522-1**
전화	**031-955-1350** 팩스 **031-955-1355**
홈페이지	http://www.sallimbooks.com
이메일	book@sallimbooks.com

ISBN	978-89-522-1423-2 03810